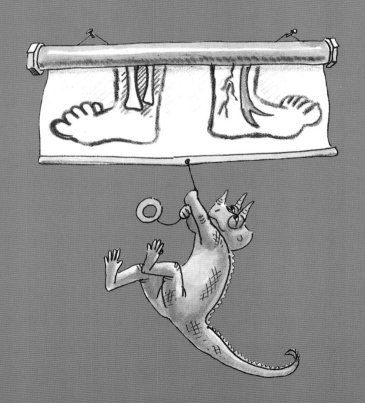

신기한 스쿨 버스

The Magic School Bus®- Inside the Human Body

아널드, 버스를 삼키다

조애너 콜 글 · 브루스 디건 그림 / 이연수 옮김

비룡소

이 책을 준비하는 데에 도움을 주신
존스홉킨스대학교 의과대학 어린이 발달 과정 학과장이며,
소아학과 부교수인 아널드 캐퓨드 박사님께 감사드립니다.

신기한 스쿨 버스
아널드, 버스를 삼키다

1판 1쇄 펴냄—1999년 10월 1일, 1판 30쇄 펴냄—2006년 6월 22일
글쓴이 조애너 콜 그린이 브루스 디건 옮긴이 이연수 펴낸이 박상희
펴낸곳 (주)비룡소 출판등록 1994. 3. 17. (제16-849호)
주소 135-887 서울시 강남구 신사동 506 강남출판문화센터 4층
전화 영업(통신판매) 515-2000(내선 1) 팩스 515-2007 편집 3443-4318~9
홈페이지 www.bir.co.kr

The Magic School Bus: Inside the Human Body
by Joanna Cole and illustrated by Bruce Degen

값 7,500원

ISBN 89-491-3048-3 74400
ISBN 89-491-3045-9 (세트)

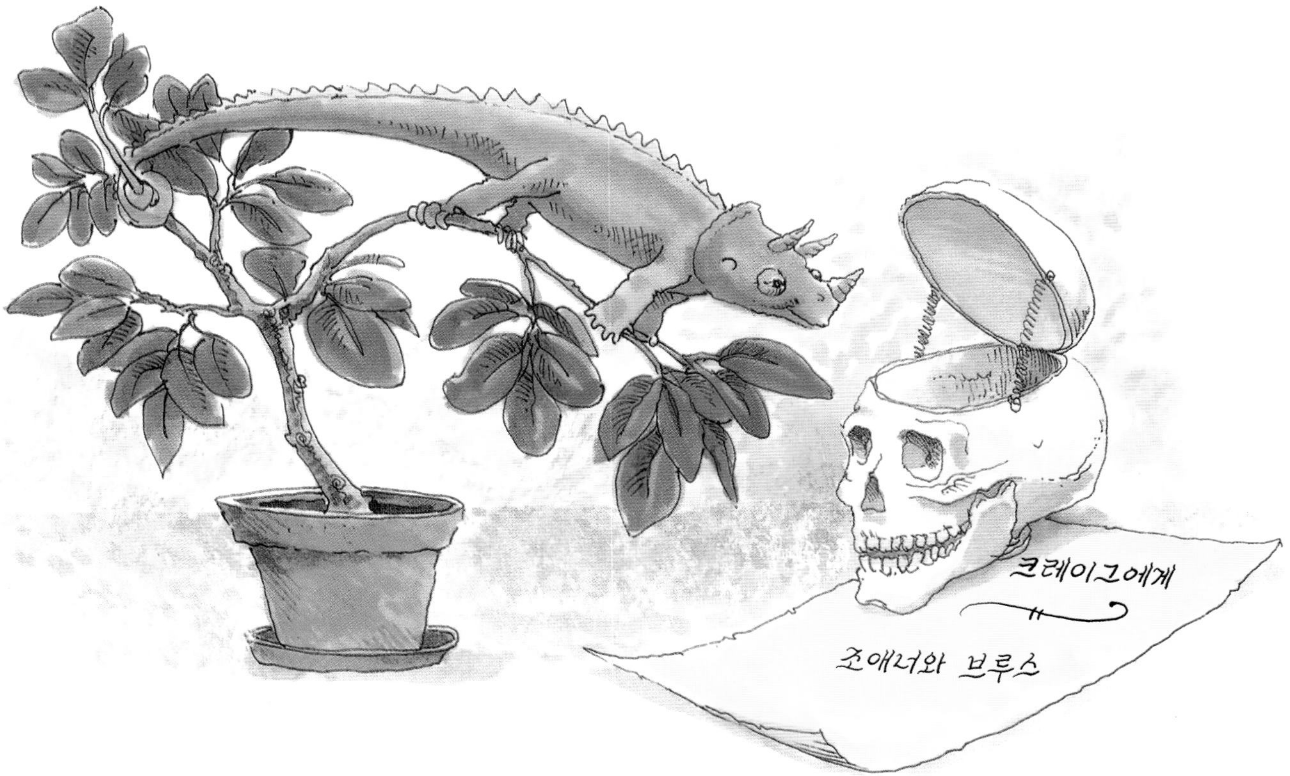
크레이그에게
조애너와 브루스

프리즐 선생님은 우리 학교에서 가장 이상한 선생님입니다. 오늘도 선생님이 우리 몸에 대한 슬라이드 필름을 보여 주시며, 말씀하셨죠.
"이번 주부터 우리 몸에 대한 공부를 하겠어요."
우리는 무슨 일이 일어날 것 같은 이상한 예감이 들었습니다.

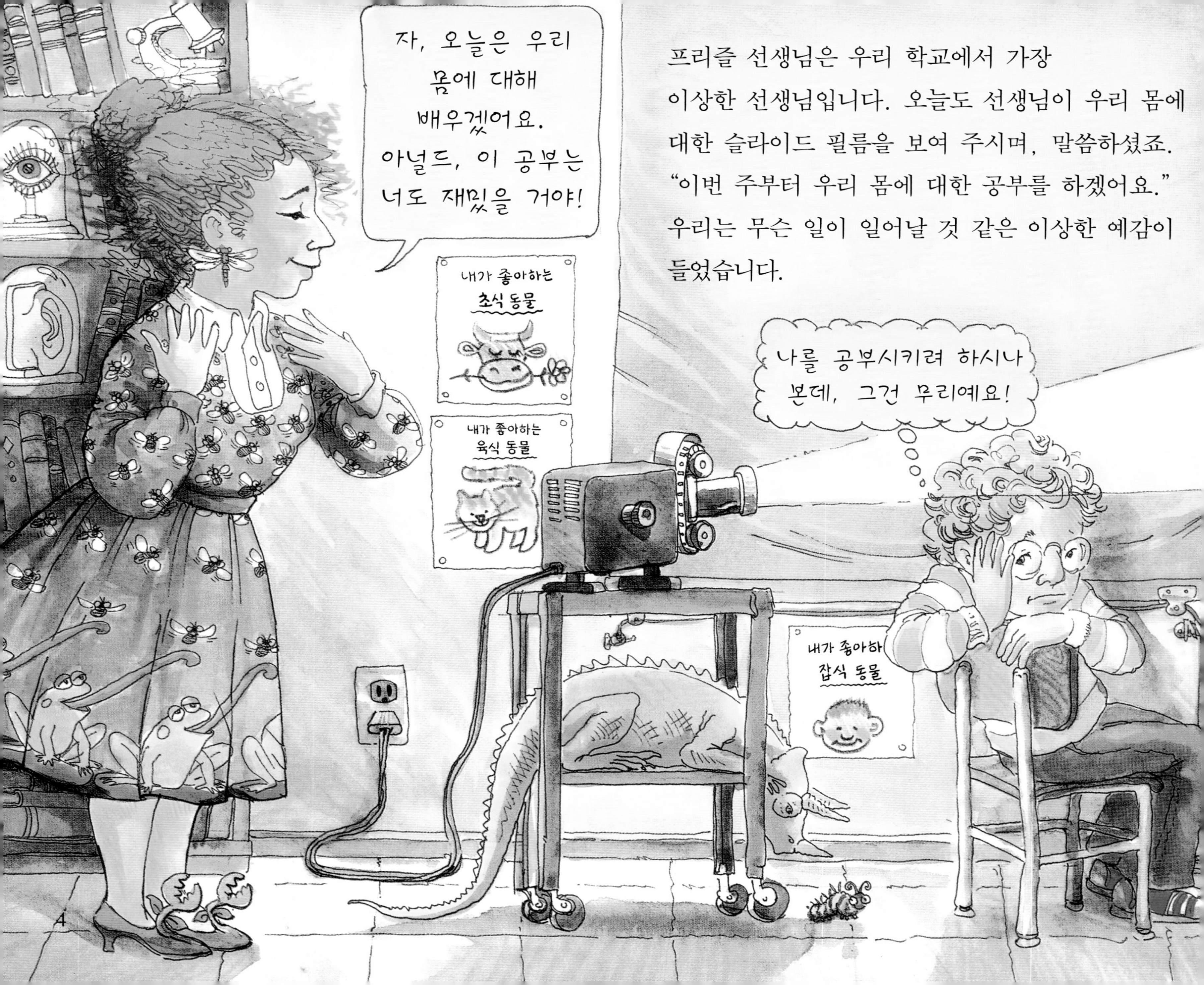

자, 오늘은 우리 몸에 대해 배우겠어요. 아널드, 이 공부는 너도 재밌을 거야!
내가 좋아하는 초식 동물
내가 좋아하는 육식 동물
내가 좋아하 잡식 동물
나를 공부시키려 하시나 본데, 그건 무리예요!

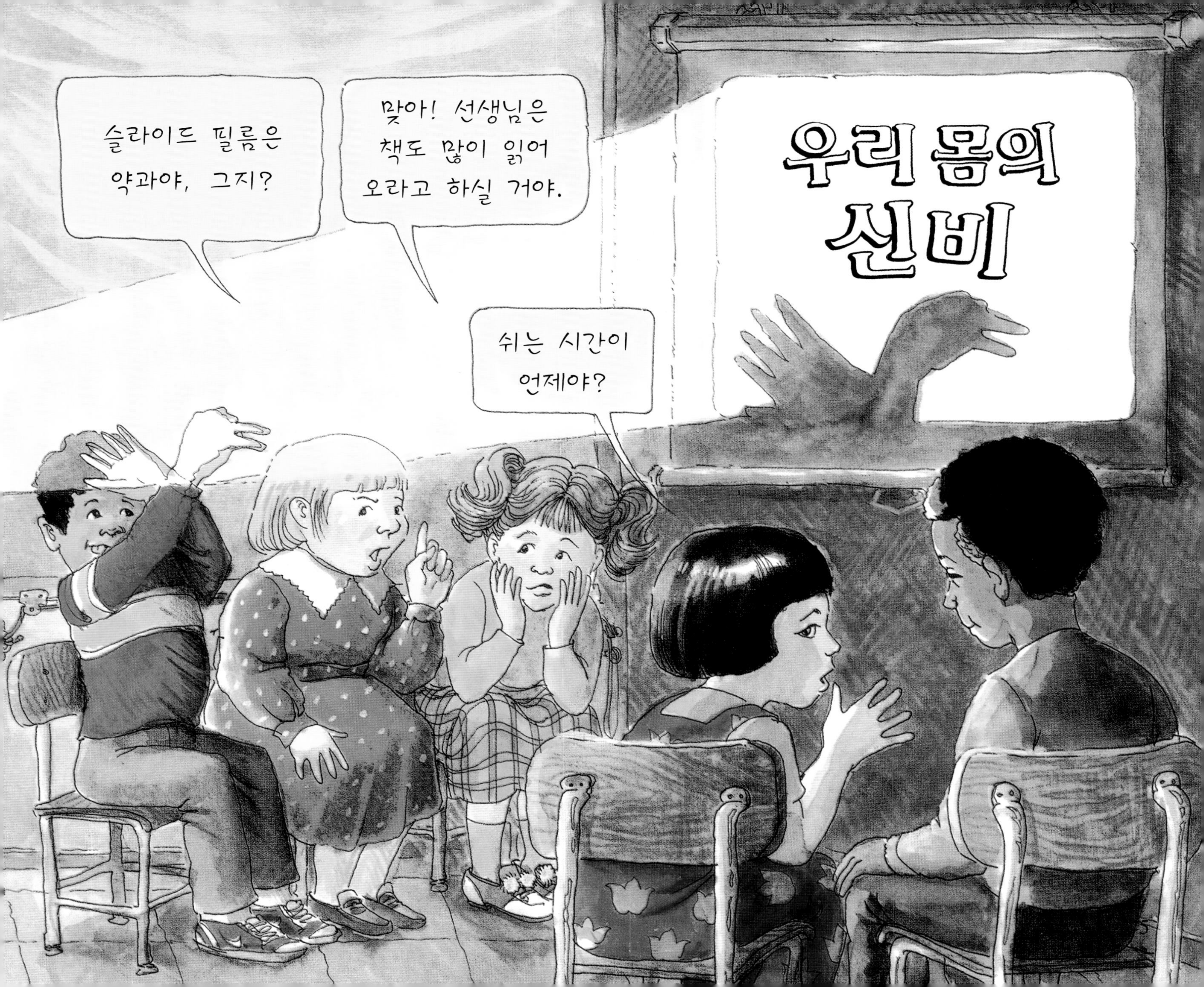

슬라이드 필름은 약과야, 그지?
맞아! 선생님은 책도 많이 읽어 오라고 하실 거야.
우리 몸의 신비
쉬는 시간이 언제야?

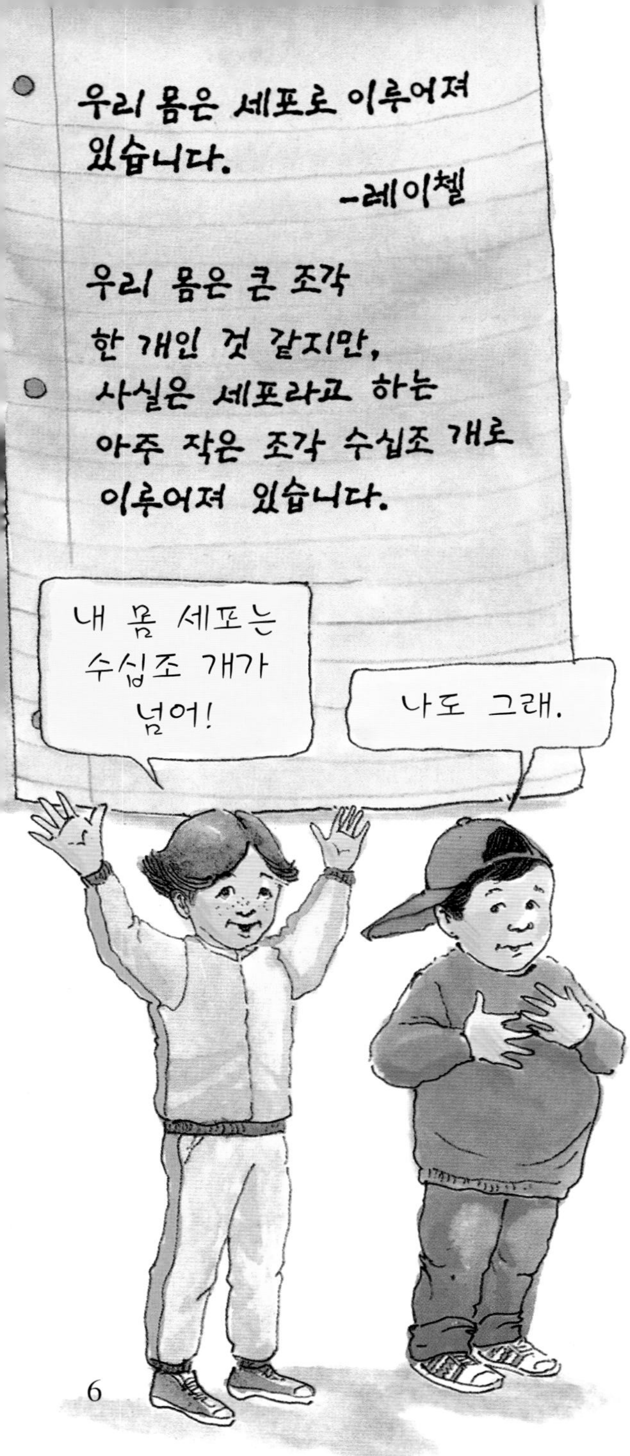
우리 몸은 세포로 이루어져 있습니다.
-레이첼
우리 몸은 큰 조각 한 개인 것 같지만, 사실은 세포라고 하는 아주 작은 조각 수십조 개로 이루어져 있습니다.
내 몸 세포는 수십조 개가 넘어!
나도 그래.

바로 다음 날, 프리즐 선생님께선 우리한테 우리 몸을 직접 관찰하는 실험을 시키셨어요.

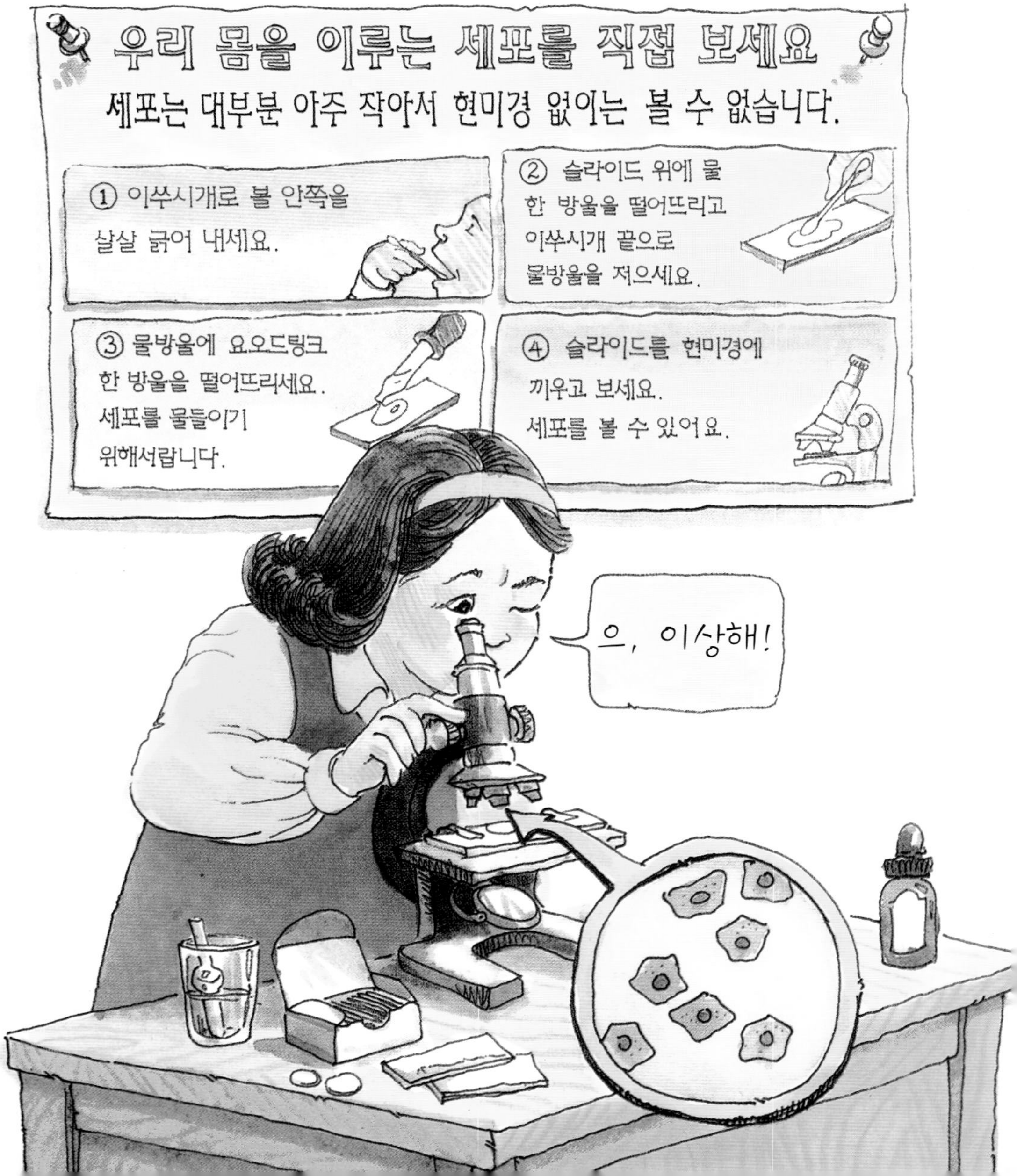
우리 몸을 이루는 세포를 직접 보세요
세포는 대부분 아주 작아서 현미경 없이는 볼 수 없습니다.
① 이쑤시개로 볼 안쪽을 살살 긁어 내세요.
② 슬라이드 위에 물 한 방울을 떨어뜨리고 이쑤시개 끝으로 물방울을 저으세요.
③ 물방울에 요오드팅크 한 방울을 떨어뜨리세요. 세포를 물들이기 위해서랍니다.
④ 슬라이드를 현미경에 끼우고 보세요. 세포를 볼 수 있어요.
으, 이상해!

그러고 나서 선생님께선 과학 박물관으로 견학을 간다고 말씀하셨죠.
거기에 가서 어떻게 우리 몸이 우리가 먹은 음식물로부터 에너지를 얻는지 직접 보라고 하셨습니다.

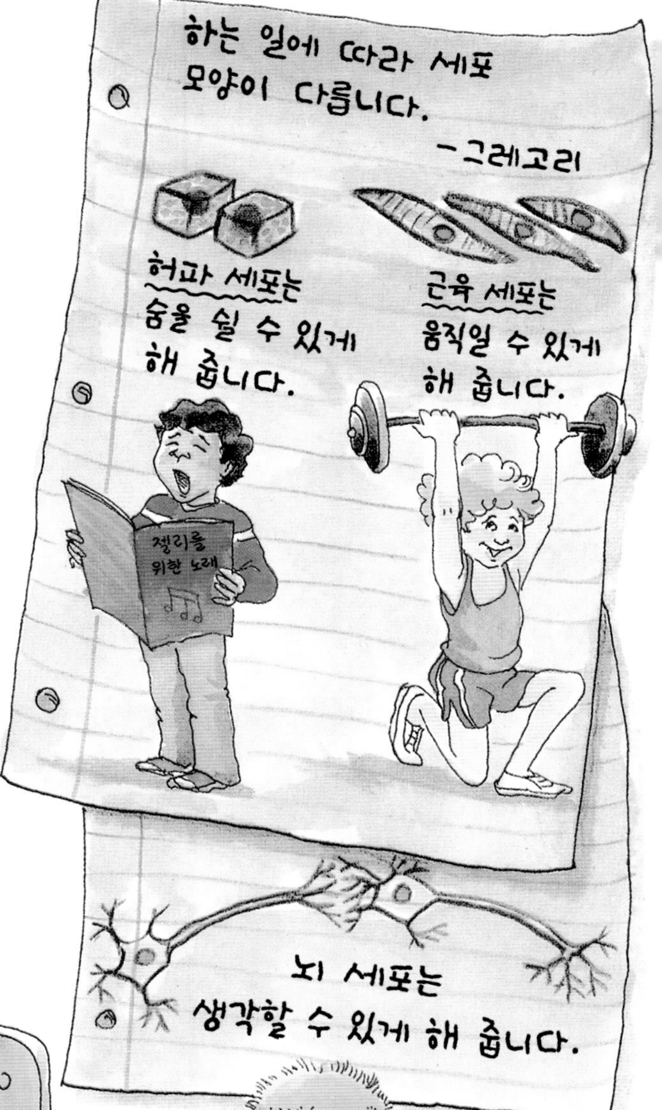
하는 일에 따라 세포 모양이 다릅니다.
—그레고리
허파 세포는 숨을 쉴 수 있게 해 줍니다.
근육 세포는 움직일 수 있게 해 줍니다.
젤리를 위한 노래
뇌 세포는 생각할 수 있게 해 줍니다.

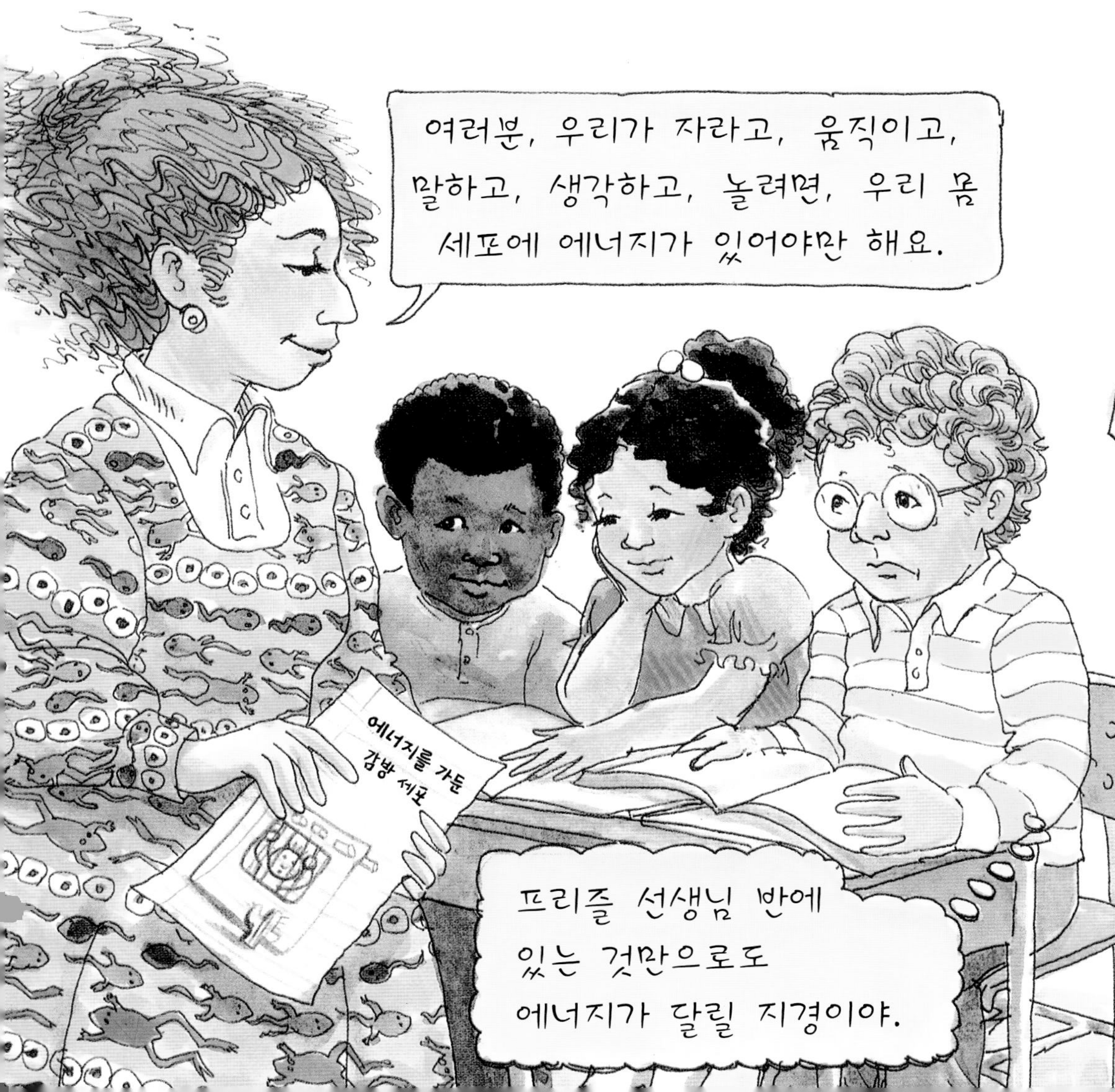
여러분, 우리가 자라고, 움직이고, 말하고, 생각하고, 놀려면, 우리 몸 세포에 에너지가 있어야만 해요.
에너지를 가득 감방 세포
프리즐 선생님 반에 있는 것만으로도 에너지가 달릴 지경이야.

혀는 미뢰 수천 개로
이루어져 있습니다.
— 아널드

혀에는 서로 다른 맛을
느끼게 하는 미뢰들이
있습니다.
이 미뢰들은 각각 혀에서
다른 위치에 분포합니다.

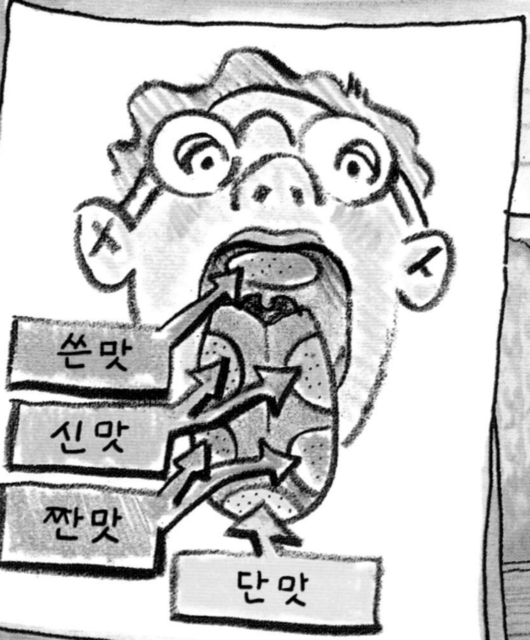

쓴맛
신맛
짠맛
단맛

주의 사항
혀 가운데에는 맛을 느끼는
미뢰가 없습니다.

이번 견학도 시작은 여느 때와 다르지 않았어요.
우리는 고물 스쿨 버스를 타고 박물관으로 향했죠.
길을 가다가 공원에 들러 점심을 먹었습니다.

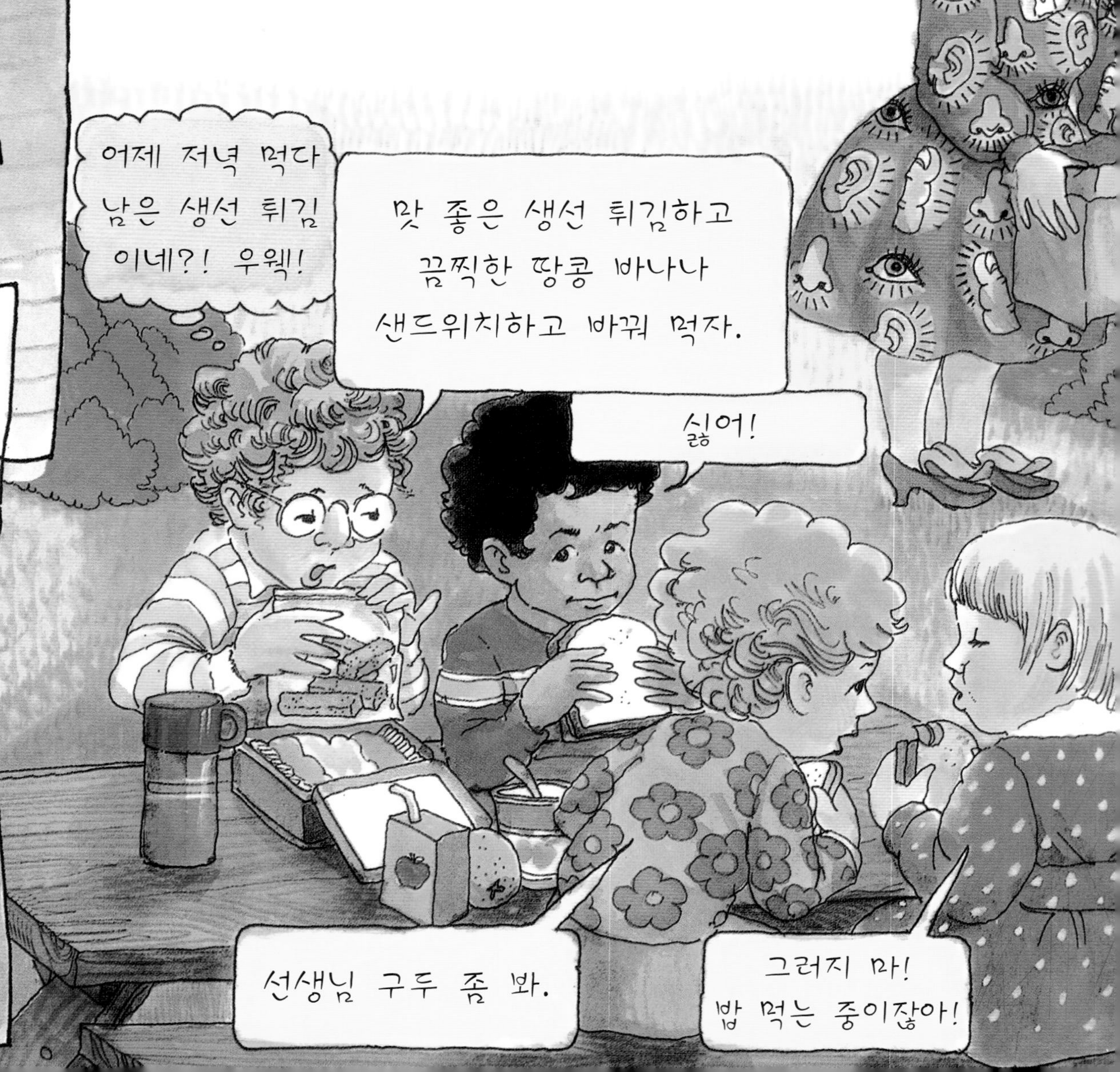

어제 저녁 먹다 남은 생선 튀김이네?! 우웩!
맛 좋은 생선 튀김하고 끔찍한 땅콩 바나나 샌드위치하고 바꿔 먹자.
싫어!
선생님 구두 좀 봐.
그러지 마! 밥 먹는 중이잖아!

출발할 시간이 되자 모두들 버스에 올라탔습니다.
아널드만 빼고요.
아널드는 여전히 딴 생각만 하면서 치즈 과자를
먹고 있었답니다.

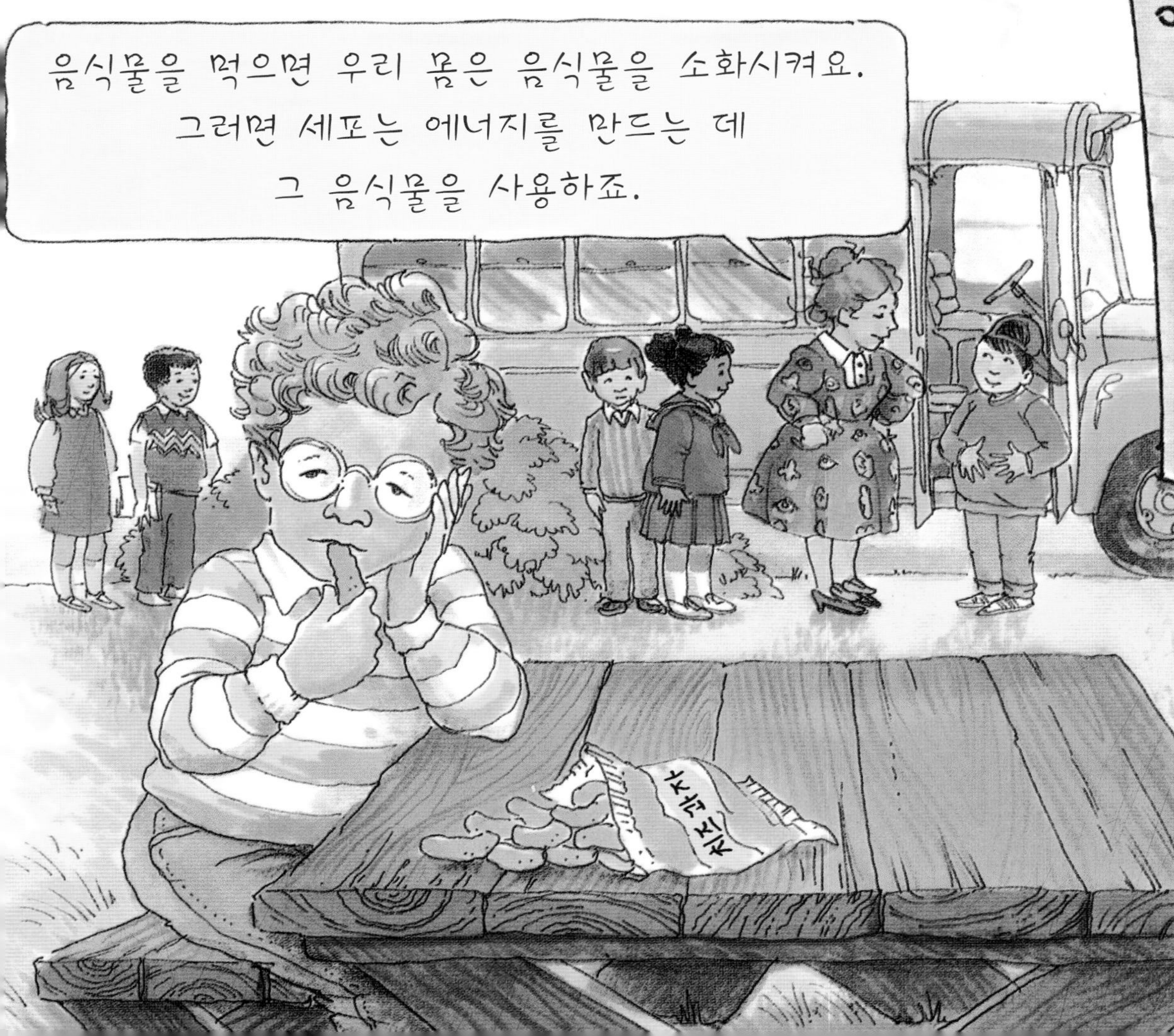

음식물을 먹으면 우리 몸은 음식물을 소화시켜요. 그러면 세포는 에너지를 만드는 데 그 음식물을 사용하죠.

좋은 음식을 먹어야
건강해집니다.
— 카멘

몸이 자라고 에너지를 충분히
얻으려면 이런 음식물을 많이
먹어야 합니다.

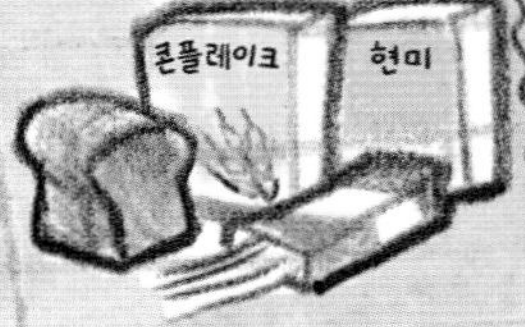

콘플레이크
현미

곡식과 국수류

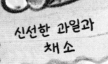

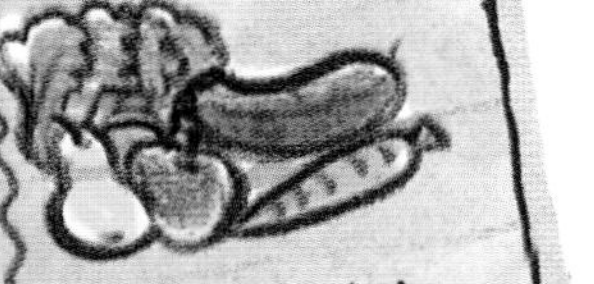
신선한 과일과 채소

이런 음식물은 좀더 적게 먹어야 합니다.

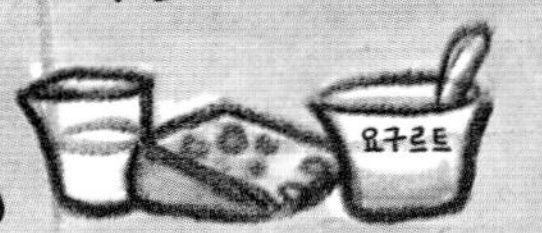

요구르트

우유와 유제품

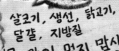

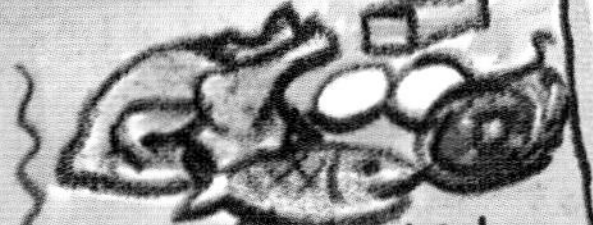
살코기, 생선, 닭고기, 달걀, 지방질

그리고 인스턴트 음식은 너무 많이 먹지 맙시다.

과학 낱말 공부
— 도로시 앤

소화는 동물이 음식을 잘
흡수할 수 있도록 삭이는
과정입니다.
이 과정에서 음식물은 점점
잘게 부서져서 흡수가
쉬워집니다.

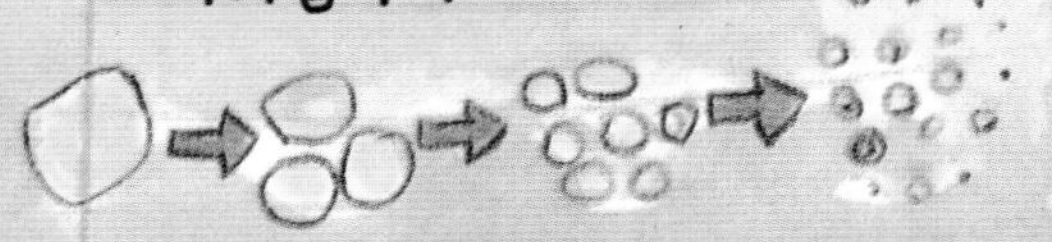

프리즐 선생님께서 외치셨어요.
"아널드, 빨리 타라!"
선생님께선 자동차 열쇠를
꽂으시려다 말고 이상하게
생긴 작은 단추를 누르셨습니다.

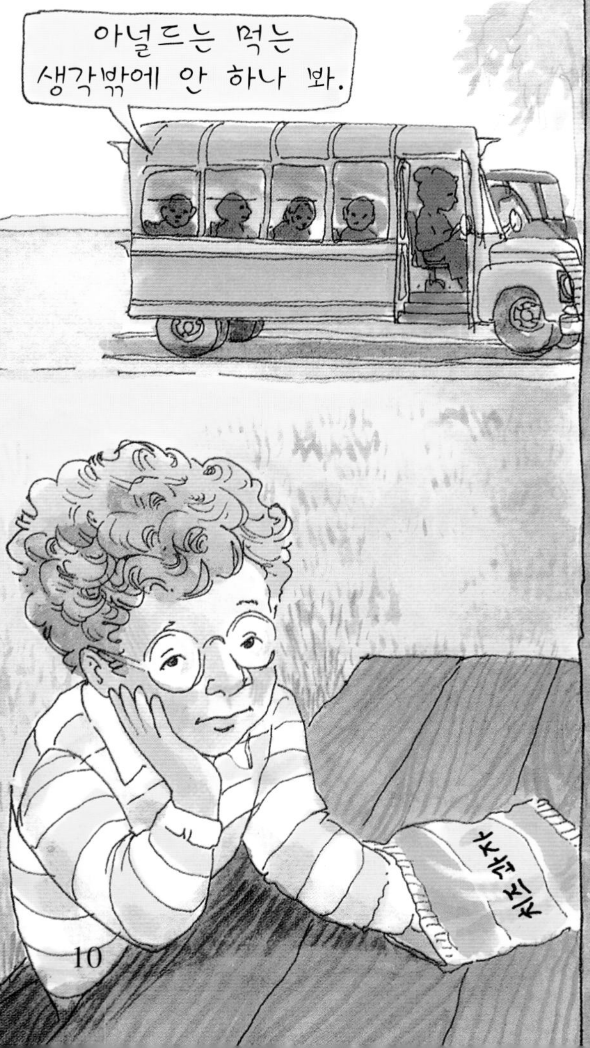

아널드는 먹는 생각밖에 안 하나 봐.

그러자 갑자기 버스가
작아지더니 허공에서
빙글빙글 맴돌았어요.

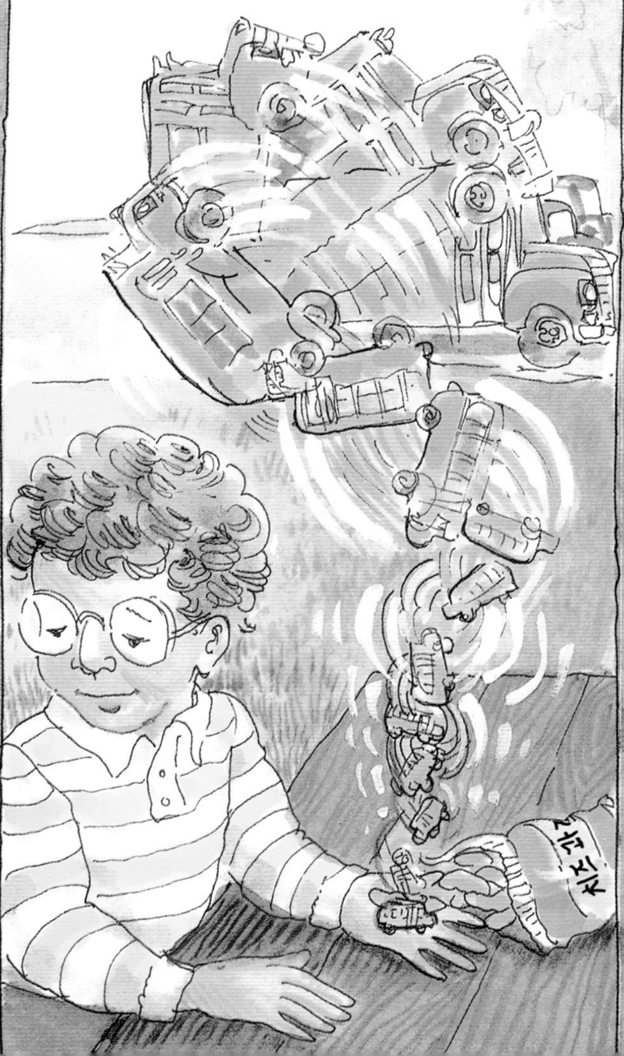

우리는 버스 안에 있었기
때문에 무슨 일이 일어나고
있는지 알 수 없었죠.
겨우 알 수 있었던 건 갑자기
어딘가에 착륙했다는 것과……

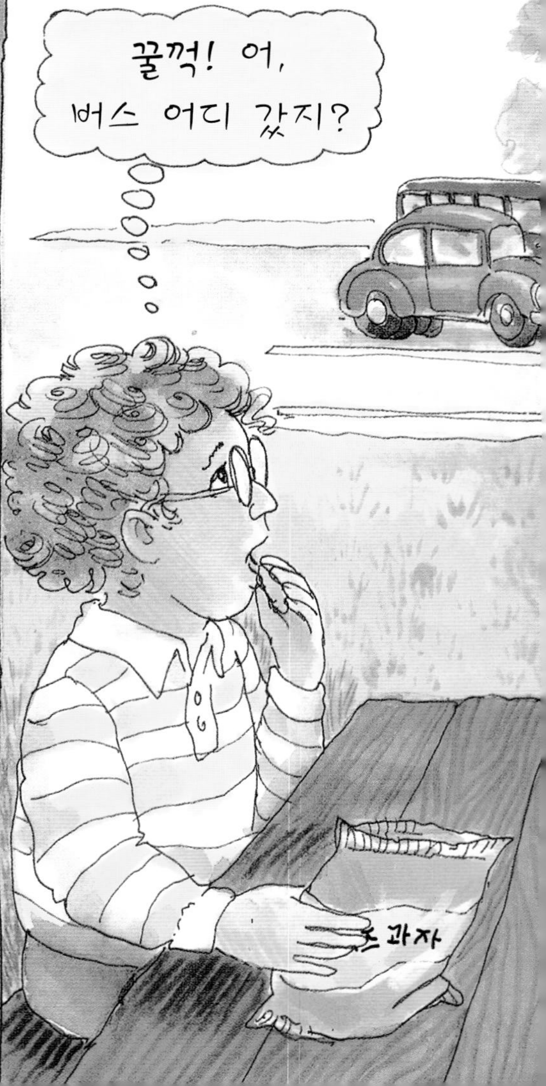

꿀꺽! 어, 버스 어디 갔지?

단지 어두운 터널을 내려가고 있다는 것뿐이었습니다.
우린 도대체 어디에 있는 걸까요.
하지만 프리즐 선생님만은 늘 알고 계셨죠.
선생님께선 우리가 사람 몸 속에 들어가 식도를 타고 내려가고 있다고 말씀해 주셨어요. 그리고 식도란 목구멍에서 위까지 가는 길이라는 것도요. 우리 모두는 아널드를 두고 온 것이 너무 걱정돼서 선생님 말씀에 귀를 기울일 수 없었답니다.

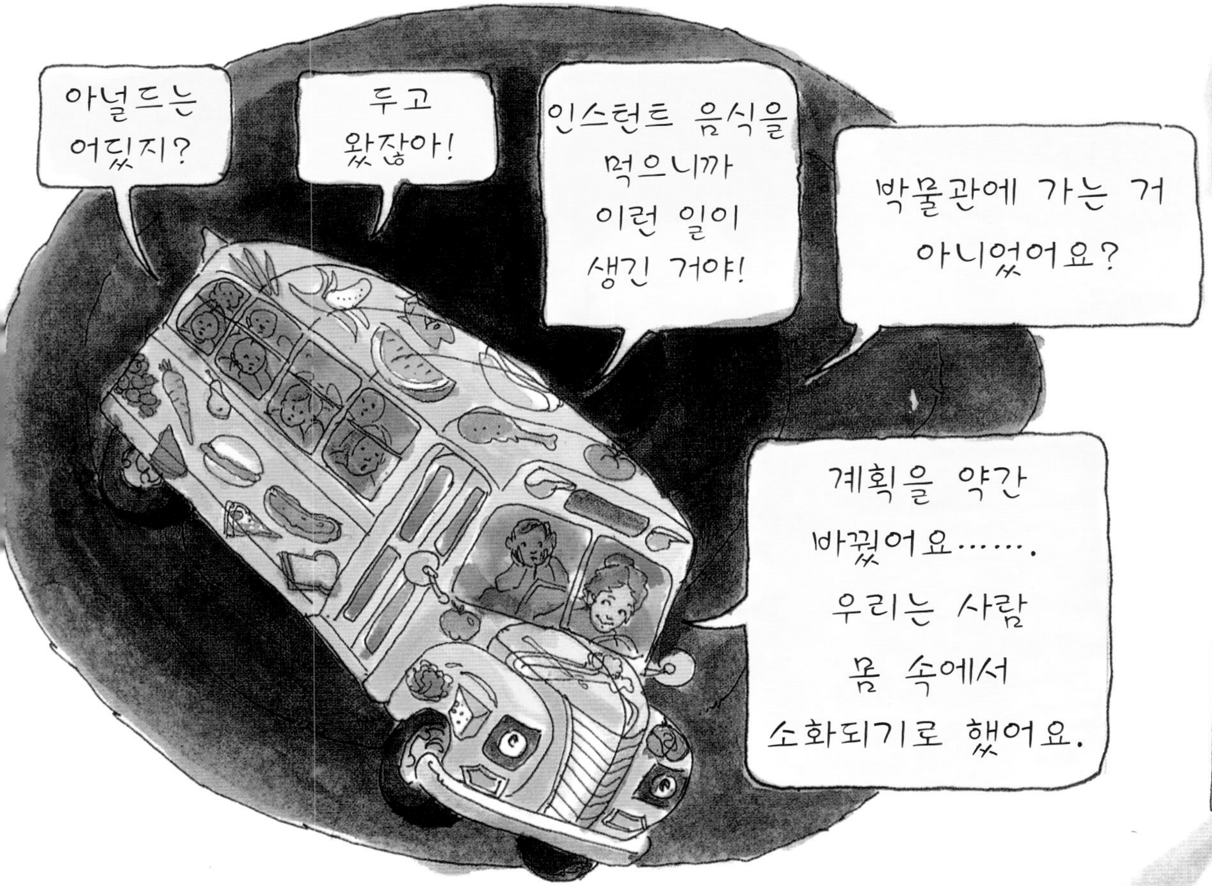

아널드는 어딨지?
두고 왔잖아!
인스턴트 음식을 먹으니까 이런 일이 생긴 거야!
박물관에 가는 거 아니었어요?
계획을 약간 바꿨어요……. 우리는 사람 몸 속에서 소화되기로 했어요.

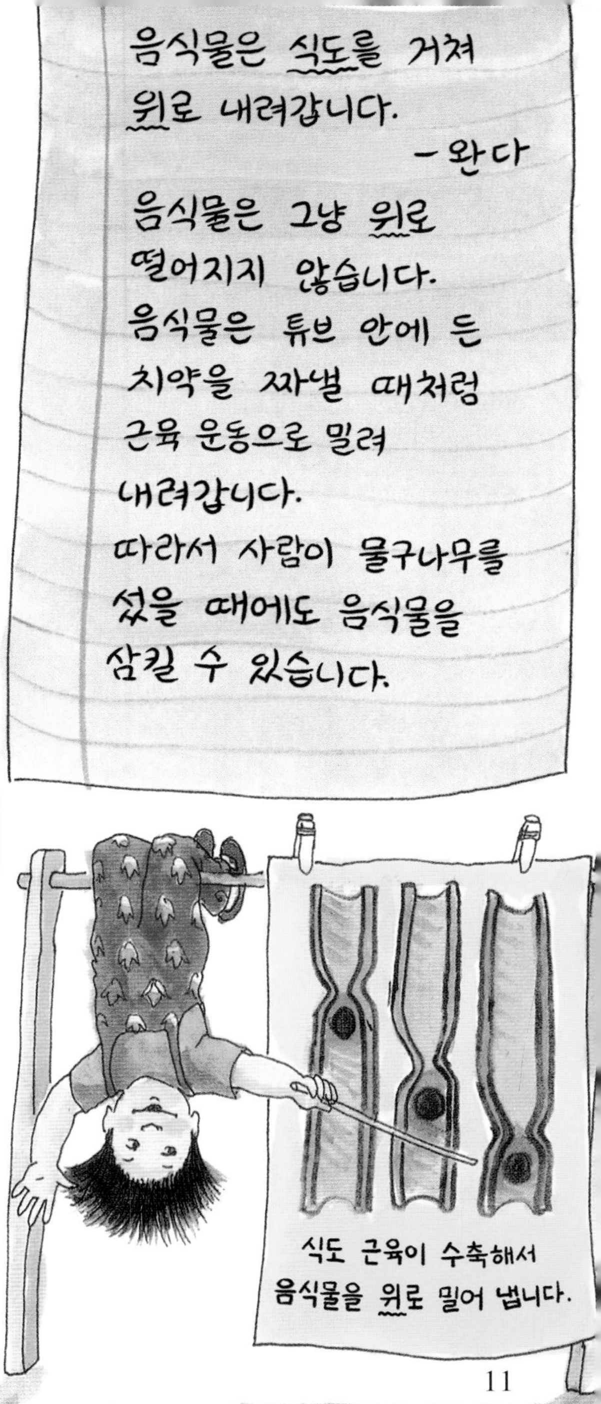

음식물은 식도를 거쳐 위로 내려갑니다.
-완다
음식물은 그냥 위로 떨어지지 않습니다. 음식물은 튜브 안에 든 치약을 짜낼 때처럼 근육 운동으로 밀려 내려갑니다.
따라서 사람이 물구나무를 섰을 때에도 음식물을 삼킬 수 있습니다.
식도 근육이 수축해서 음식물을 위로 밀어 냅니다.

배가 꼬르륵거리는 이유

—필

때때로 위에 음식이 거의 없는데도 위가 휘젓는 운동을 할 때가 있습니다. 그러면 위 안에 있던 가스가 꼬르륵하는 소리를 냅니다.

프리즐 선생님께서 말씀하셨어요.
"우리는 지금 위에 있어요."
위 속은 조용하지 않았습니다.
위벽이 들락날락하면서 음식물을 휘젓고 으깨서
걸쭉한 액체로 만들었죠.
버스는 이리저리 뒤집혔고,
소화액이 창문에 철썩거리며 부딪혔어요.
완전히 햄버거가 되는 기분이 들었죠.

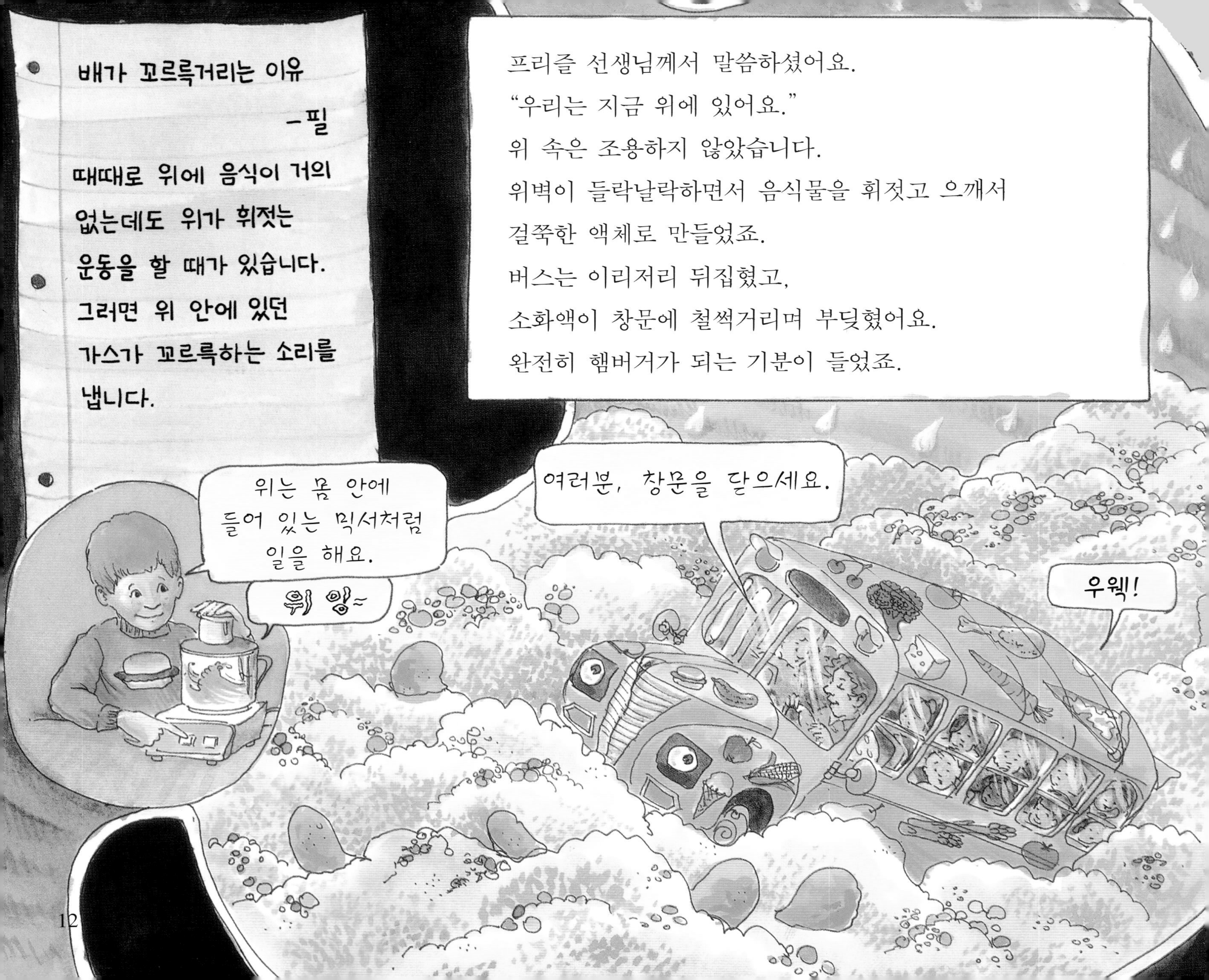

위는 몸 안에 들어 있는 믹서처럼 일을 해요.
위 잉~
여러분, 창문을 닫으세요.
우웩!

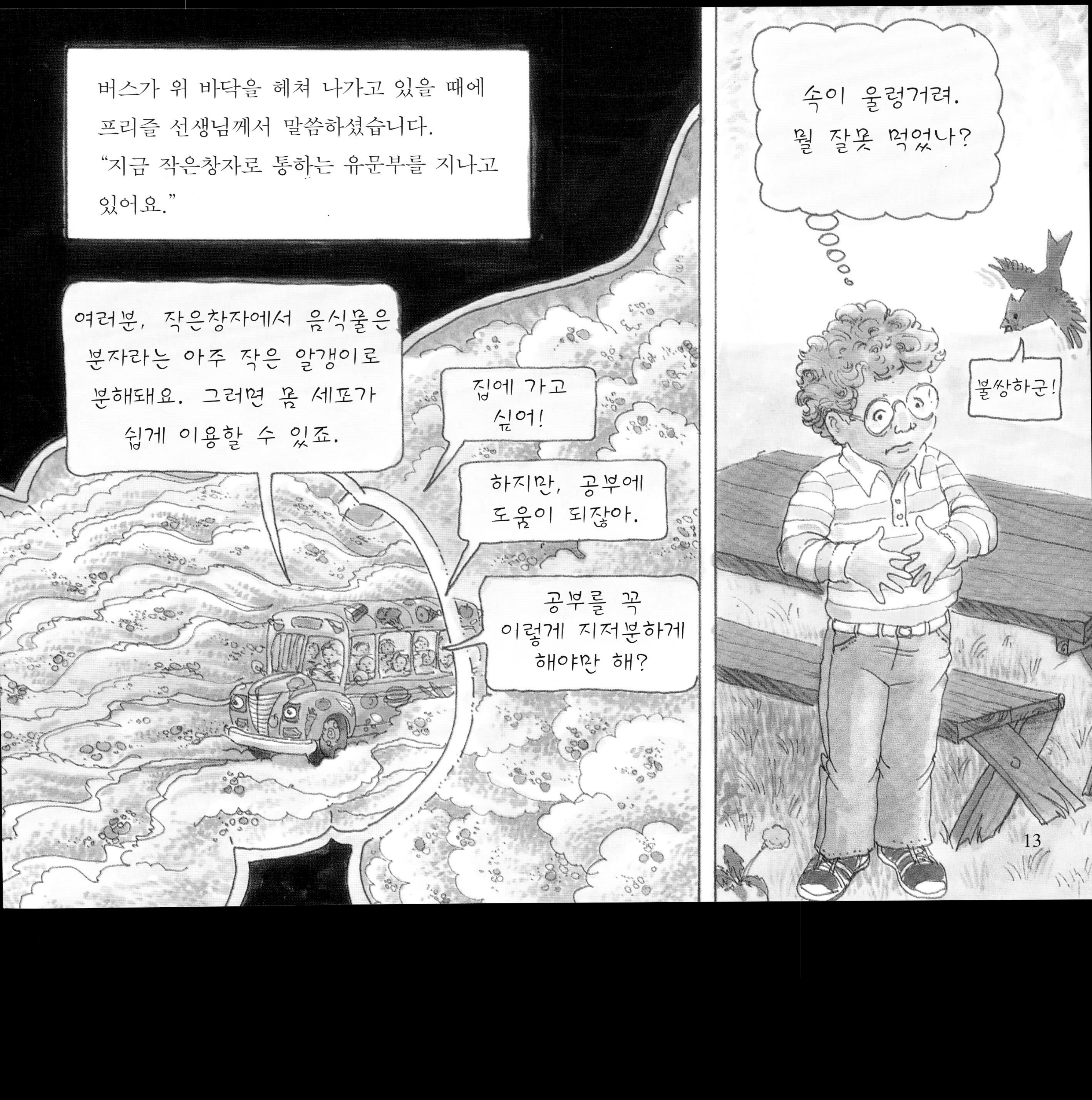
버스가 위 바닥을 헤쳐 나가고 있을 때에 프리즐 선생님께서 말씀하셨습니다. "지금 작은창자로 통하는 유문부를 지나고 있어요."
여러분, 작은창자에서 음식물은 분자라는 아주 작은 알갱이로 분해돼요. 그러면 몸 세포가 쉽게 이용할 수 있죠.
집에 가고 싶어!
하지만, 공부에 도움이 되잖아.
공부를 꼭 이렇게 지저분하게 해야만 해?
속이 울렁거려. 뭘 잘못 먹었나?
불쌍하군!

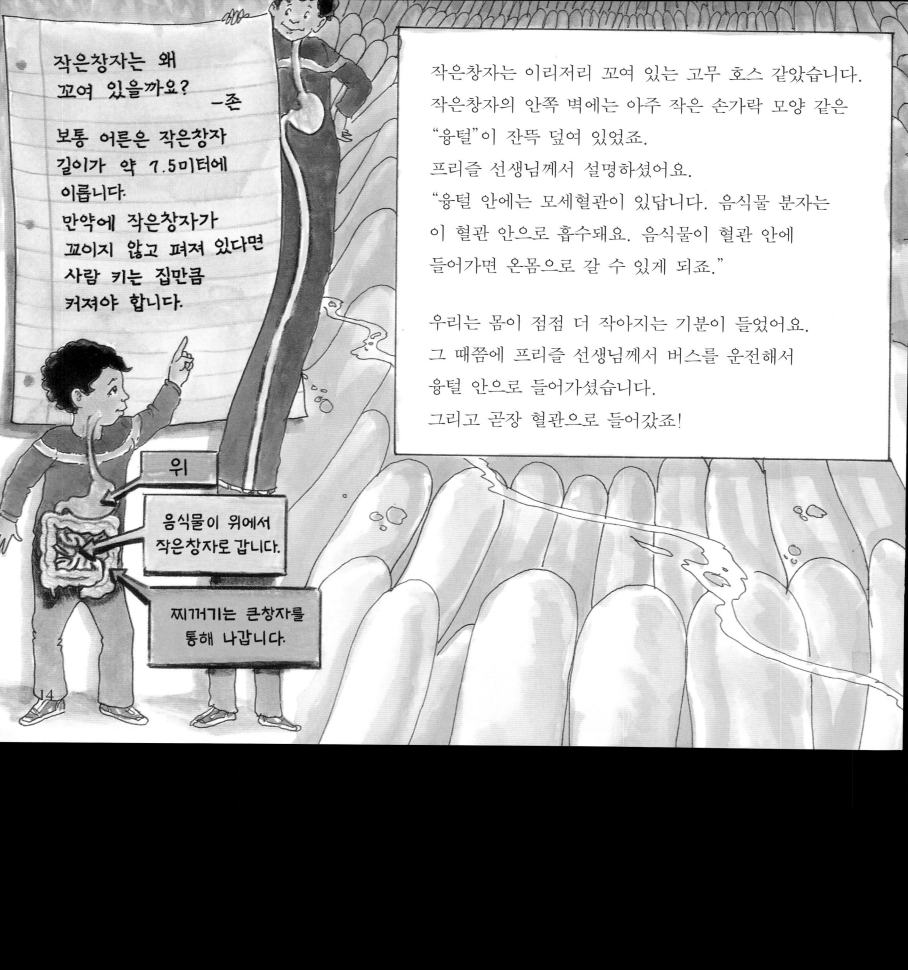

작은창자는 왜
꼬여 있을까요?
                    —존

보통 어른은 작은창자
길이가 약 7.5미터에
이릅니다.
만약에 작은창자가
꼬이지 않고 펴져 있다면
사람 키는 집만큼
커져야 합니다.

위

음식물이 위에서
작은창자로 갑니다.

찌꺼기는 큰창자를
통해 나갑니다.

작은창자는 이리저리 꼬여 있는 고무 호스 같았습니다.
작은창자의 안쪽 벽에는 아주 작은 손가락 모양 같은
"융털"이 잔뜩 덮여 있었죠.
프리즐 선생님께서 설명하셨어요.
"융털 안에는 모세혈관이 있답니다. 음식물 분자는
이 혈관 안으로 흡수돼요. 음식물이 혈관 안에
들어가면 온몸으로 갈 수 있게 되죠."

우리는 몸이 점점 더 작아지는 기분이 들었어요.
그 때쯤에 프리즐 선생님께서 버스를 운전해서
융털 안으로 들어가셨습니다.
그리고 곧장 혈관으로 들어갔죠!

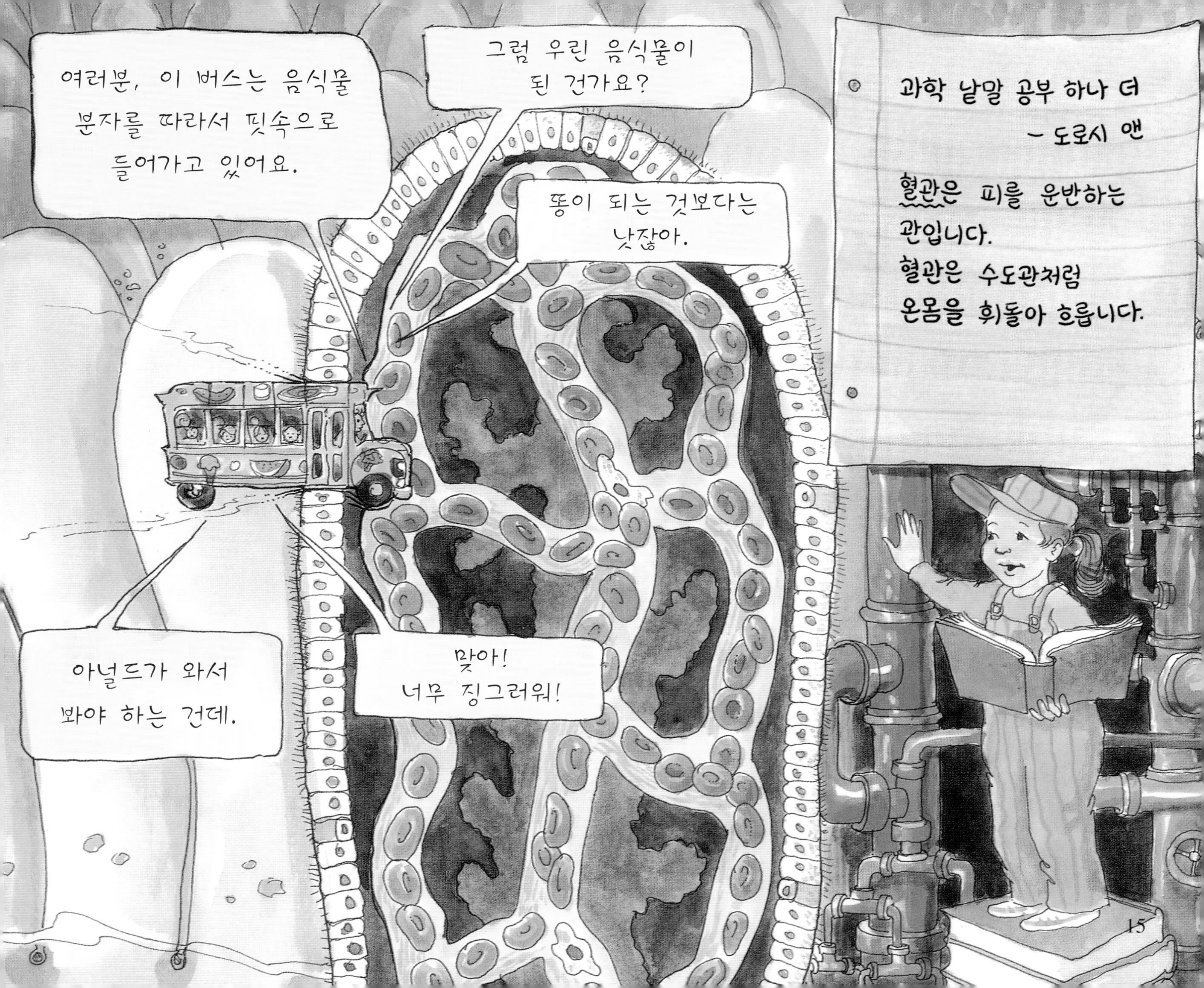

여러분, 이 버스는 음식물 분자를 따라서 핏속으로 들어가고 있어요.
그럼 우린 음식물이 된 건가요?
똥이 되는 것보다는 낫잖아.
아널드가 와서 봐야 하는 건데.
맞아! 너무 징그러워!
과학 낱말 공부 하나 더
- 도로시 앤
혈관은 피를 운반하는 관입니다.
혈관은 수도관처럼 온몸을 휘돌아 흐릅니다.

피는 무엇으로 이루어져
있을까요?
　　　　　　-몰리

피에서 절반 이상은
혈장이라는 노르스름한
액체로 이루어져 있습니다.
나머지는 둥둥 떠다니는
세포들로 이루어져
있습니다.

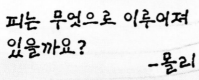

혈장
혈액 세포들

250,000,000

피는 왜 붉은색일까요?
　　　　　　-설리

피는 맨눈으로 보면 붉게
보입니다.
왜냐하면 피 안에는
붉은색을 띠는 적혈구가
많이 들어 있기 때문입니다.
피 한 방울에는 적혈구가
2억 5천만 개나 들어
있습니다.

우리는 핏속으로 들어갔지만, 붉게 보이지는 않았습니다.
프리즐 선생님께서 설명해 주셨어요.
"피는 그냥 붉은 액체가 아니에요. 피는 세포들이
떠다니고 있는 투명한 액체예요."
누군가 외쳤습니다.
"저 세포들은 꼭 빨간 고무 접시 같아요!"
프리즐 선생님께서 말씀하셨습니다.
"적혈구들이에요. 적혈구는 허파로부터 가져온 산소를
온몸의 세포로 운반해 준답니다."

저것 좀 봐!

적혈구는 산소를
운반합니다.

음식물 분자

백혈구는

여기저기에서 백혈구들이 쉴새없이 병균들을 잡고 있었습니다. 프리즐 선생님께서 설명하셨어요. "백혈구는 우리 몸에 쳐들어온 적들을 군인처럼 물리치는 세포랍니다."

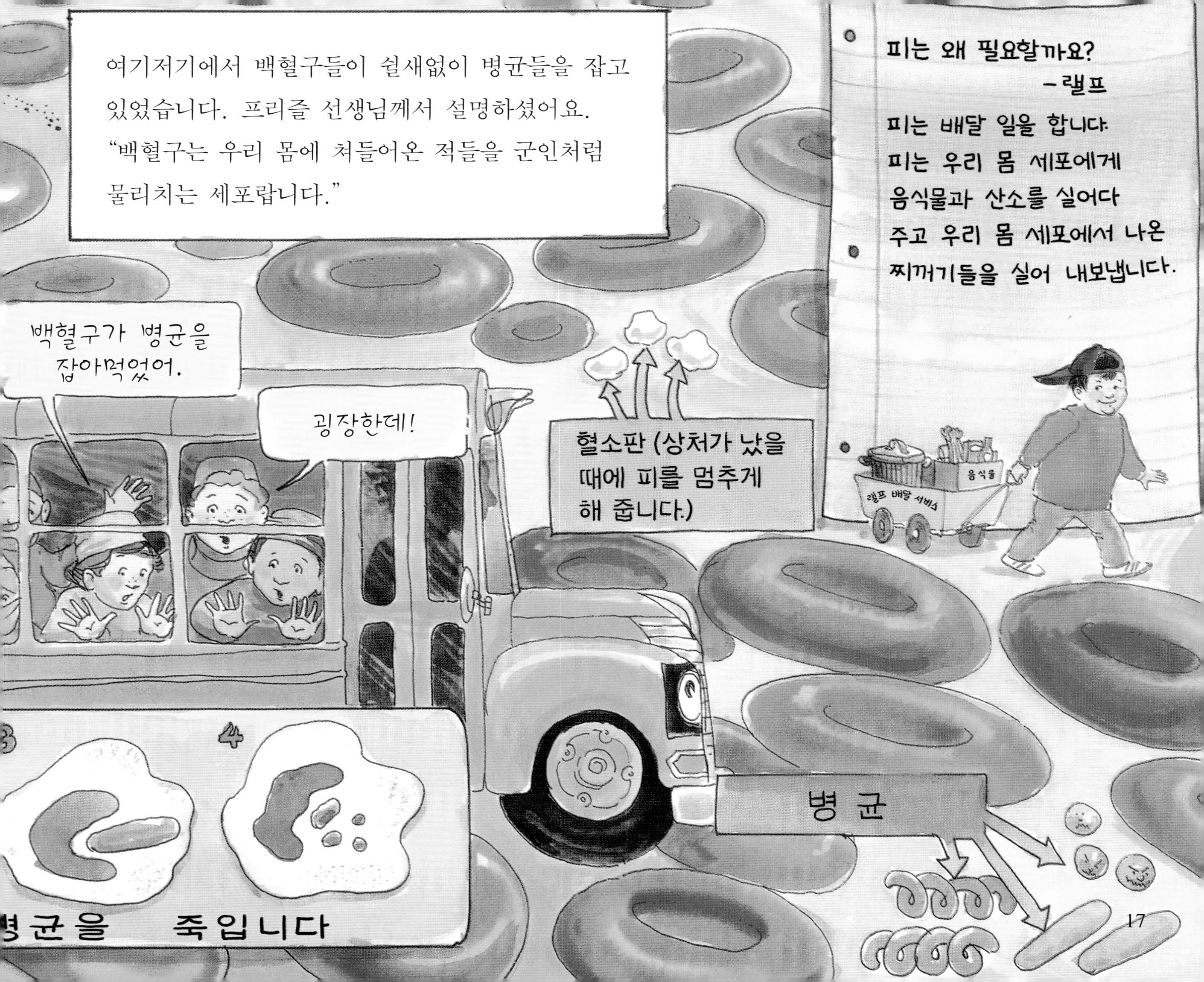
피는 왜 필요할까요?
-랠프
피는 배달 일을 합니다.
피는 우리 몸 세포에게
음식물과 산소를 실어다
주고 우리 몸 세포에서 나온
찌꺼기들을 실어 내보냅니다.
백혈구가 병균을 잡아먹었어.
굉장한데!
혈소판 (상처가 났을 때에 피를 멈추게 해 줍니다.)
음식물
랠프 배달 서비스
병균
병균을 죽입니다

뒤를 돌아보니까 백혈구가 버스를 쫓아오고 있었어요.
프리즐 선생님께서 말씀하셨습니다.
“여러분, 적혈구들과 함께 있는 것이 더 안전하겠어요.”
선생님은 버스 문을 여는 손잡이를 잡아당기셨습니다.
우리는 다 함께 소리를 질렀죠.
“하지 마세요!”
하지만 언제 프리즐 선생님이 우리 말을 들은 적이 있었나요? 버스 문은 열리고 말았습니다.

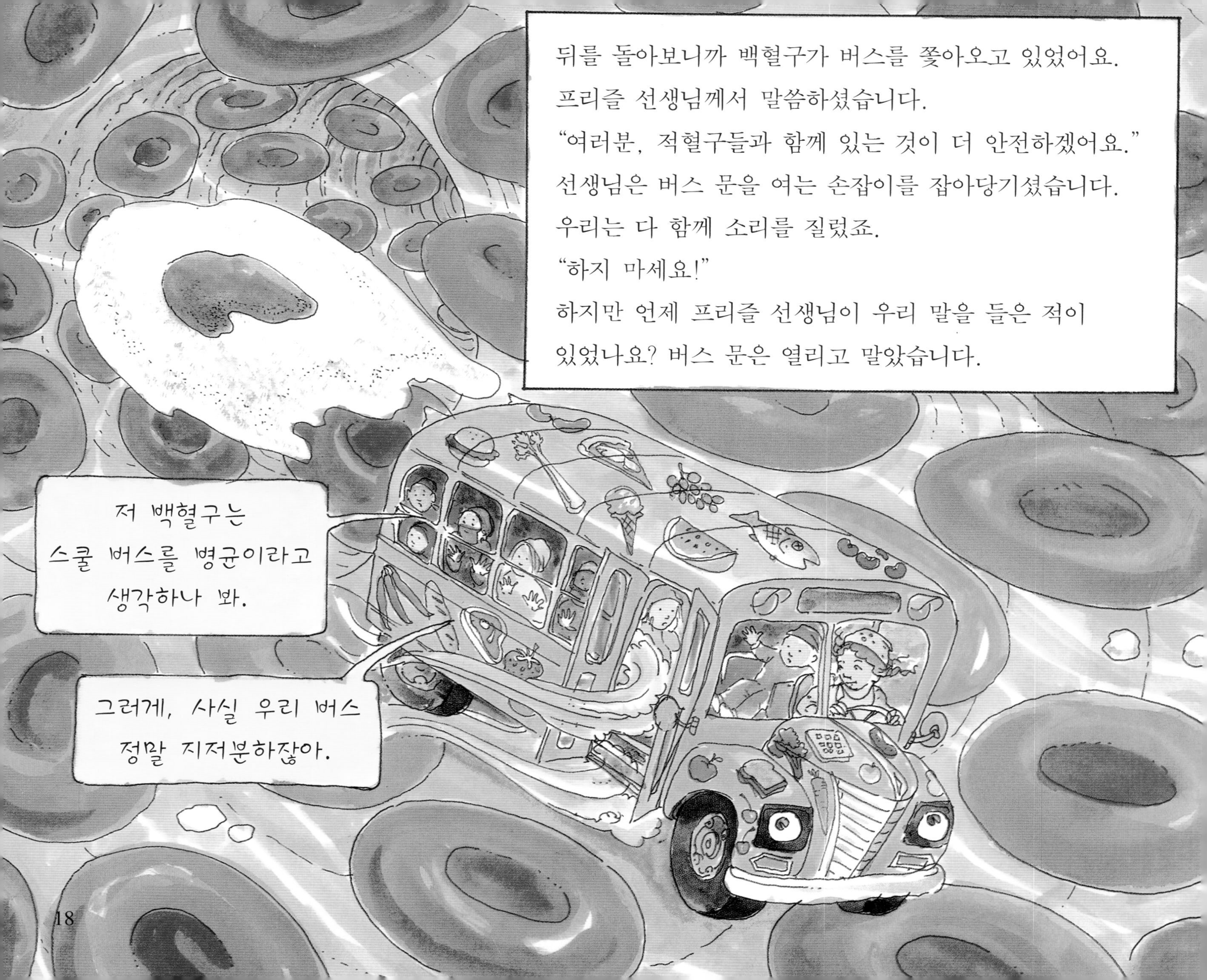
저 백혈구는 스쿨 버스를 병균이라고 생각하나 봐.
그러게, 사실 우리 버스 정말 지저분하잖아.

우리는 버스 밖으로 나가 핏속으로
휩쓸려 나갔습니다. 프리즐 선생님께서 외치셨어요.
"자, 모두들 적혈구를 하나씩 잡으세요!"
우리는 한 명씩 지나가는 적혈구를 붙잡았습니다.
버스는 백혈구에 쫓기다가 다른 혈관으로
들어갔죠. 그게 우리가 본 버스의
마지막 모습이었어요.

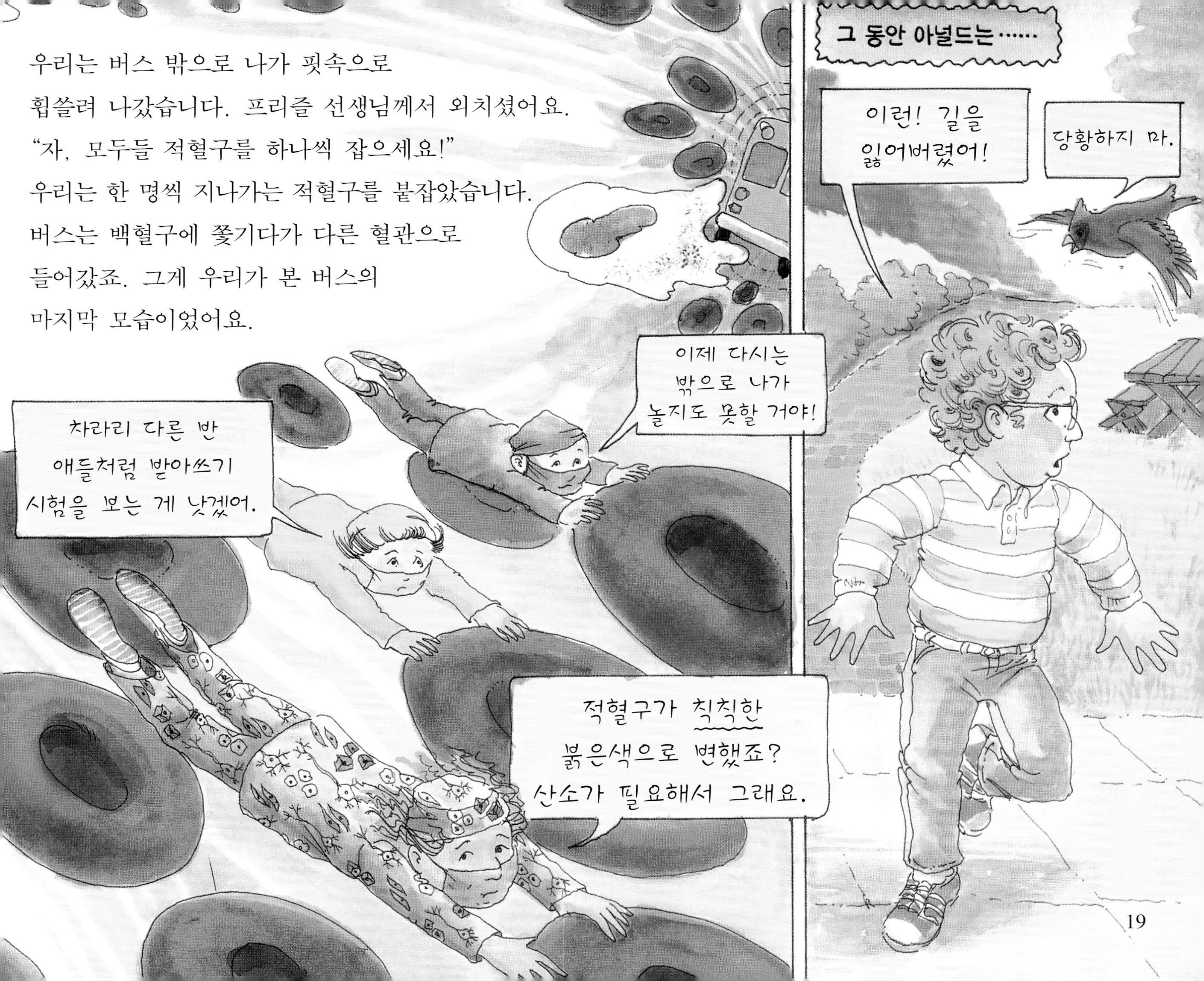

차라리 다른 반 애들처럼 받아쓰기 시험을 보는 게 낫겠어.
이제 다시는 밖으로 나가 놀지도 못할 거야!
적혈구가 칙칙한 붉은색으로 변했죠? 산소가 필요해서 그래요.
그 동안 아널드는……
이런! 길을 잃어버렸어!
당황하지 마.

어느 틈엔가 우리는 심장으로 흘러들어갔습니다.
프리즐 선생님께서 말씀하셨어요.
"심장 안에는 방이 네 개 있는데, 심방 두 개와 심실 두 개예요. 심방과 심실은 펌프랍니다."
심장 오른쪽에 있는 우심방과 우심실은, 우리 몸에서 사용된 피를 허파로 보내려고 펌프질을 하고 있었습니다.

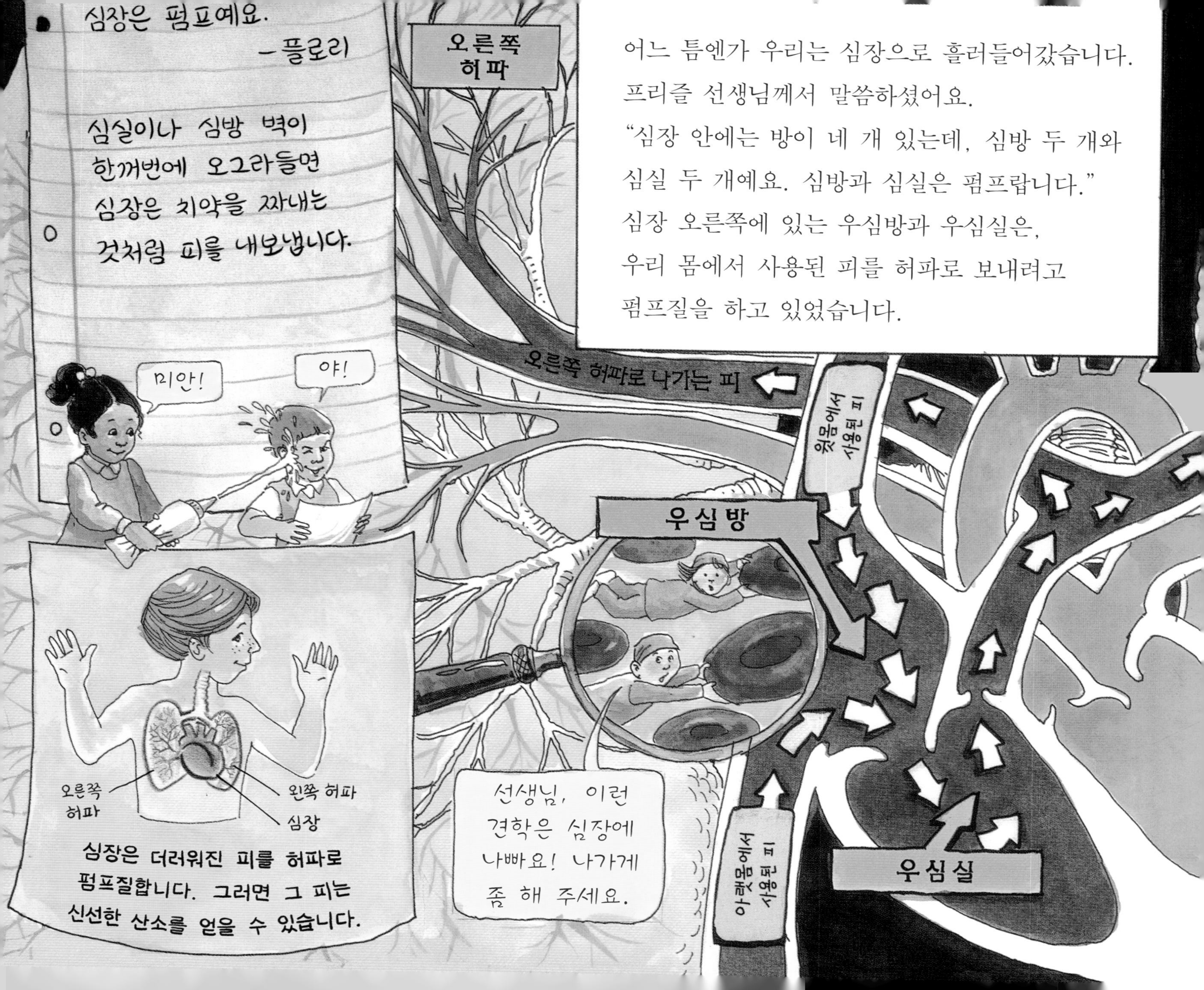
심장은 펌프예요.
―플로리
심실이나 심방 벽이
한꺼번에 오그라들면
심장은 치약을 짜내는
것처럼 피를 내보냅니다.
오른쪽 허파
미안!
야!
오른쪽 허파로 나가는 피
윗몸에서 사용된 피
우심방
오른쪽 허파
왼쪽 허파
심장
심장은 더러워진 피를 허파로
펌프질합니다. 그러면 그 피는
신선한 산소를 얻을 수 있습니다.
선생님, 이런 견학은 심장에 나빠요! 나가게 좀 해 주세요.
아랫몸에서 사용된 피
우심실

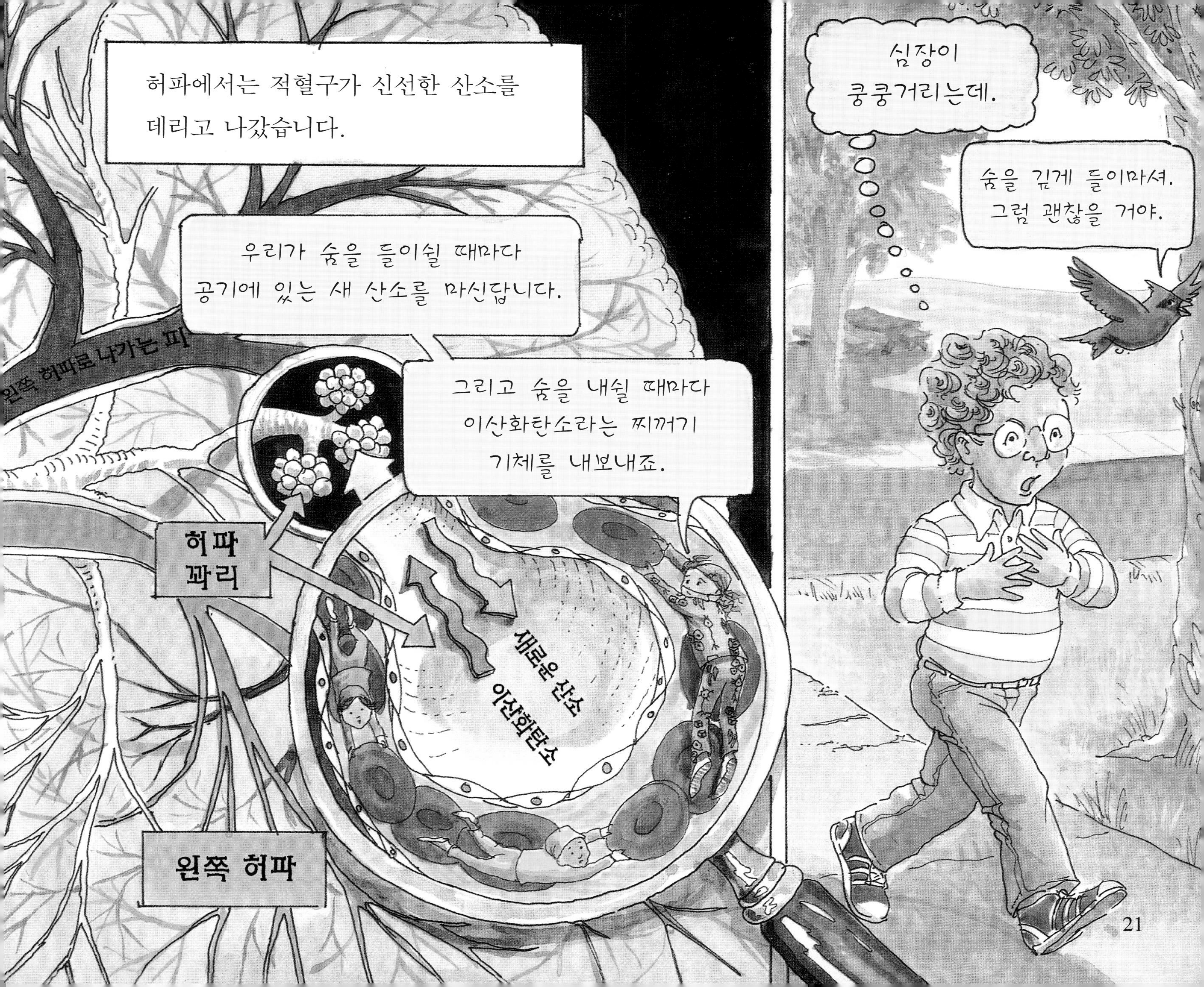
허파에서는 적혈구가 신선한 산소를 데리고 나갔습니다.
왼쪽 허파로 나가는 피
우리가 숨을 들이쉴 때마다 공기에 있는 새 산소를 마신답니다.
그리고 숨을 내쉴 때마다 이산화탄소라는 찌꺼기 기체를 내보내죠.
허파 꽈리
새로운 산소
이산화탄소
왼쪽 허파
심장이 쿵쿵거리는데.
숨을 깊게 들이마셔. 그럼 괜찮을 거야.

피는 돌고 돕니다.
　　　　　- 마이클

몸 속에 있는 피는
1분도 채 안 되는 시간
동안 온몸을 한 바퀴
돕니다.
이를 피의 순환이라고
합니다.

과학 낱말 공부
또 하나 더
　　　　　- 도로시 앤
순환은 "돈다"라는 뜻입니다.
피는 사람의 온몸을
순환합니다.

적혈구는 우리들을 허파에서 심장까지 데려다
주었습니다. 대신 이번에는 심장 왼쪽에 있는
좌심방과 좌심실로 들어갔어요. 좌심방과 좌심실은
신선한 피를 다시 온몸으로 내보내는 곳입니다.
프리즐 선생님께서 말씀하셨어요.
"여러분, 지금 우리를 태운 적혈구가 뇌로
가려는 모양이에요."

이것 좀 봐! 적혈구가
산소를 실으니까 다시
밝은 붉은색이 됐어!

오른쪽 허파에서 오는

허파
꽈리

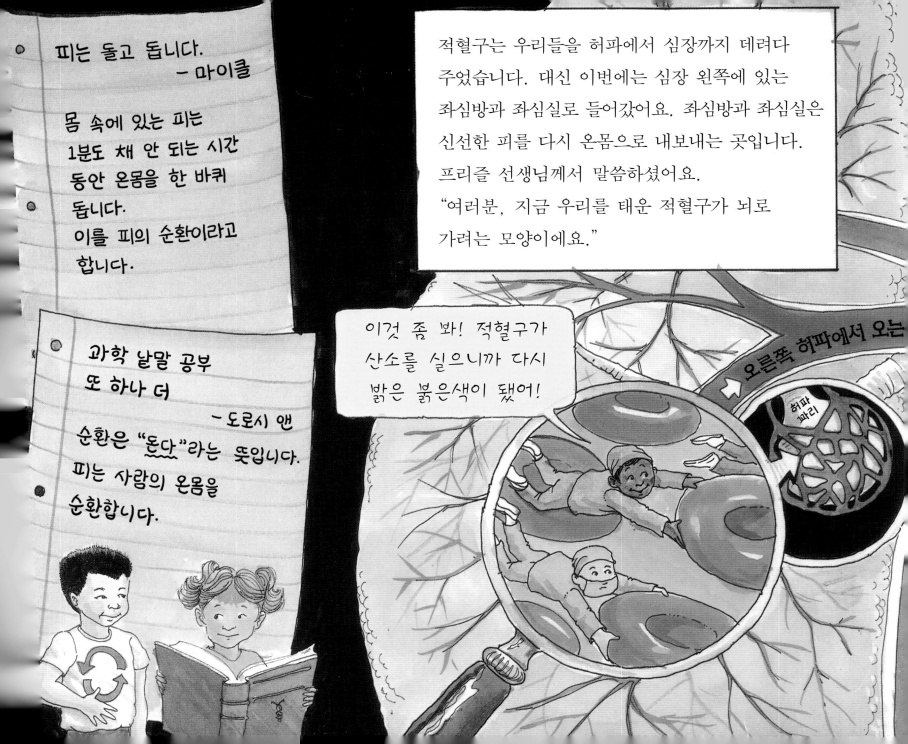

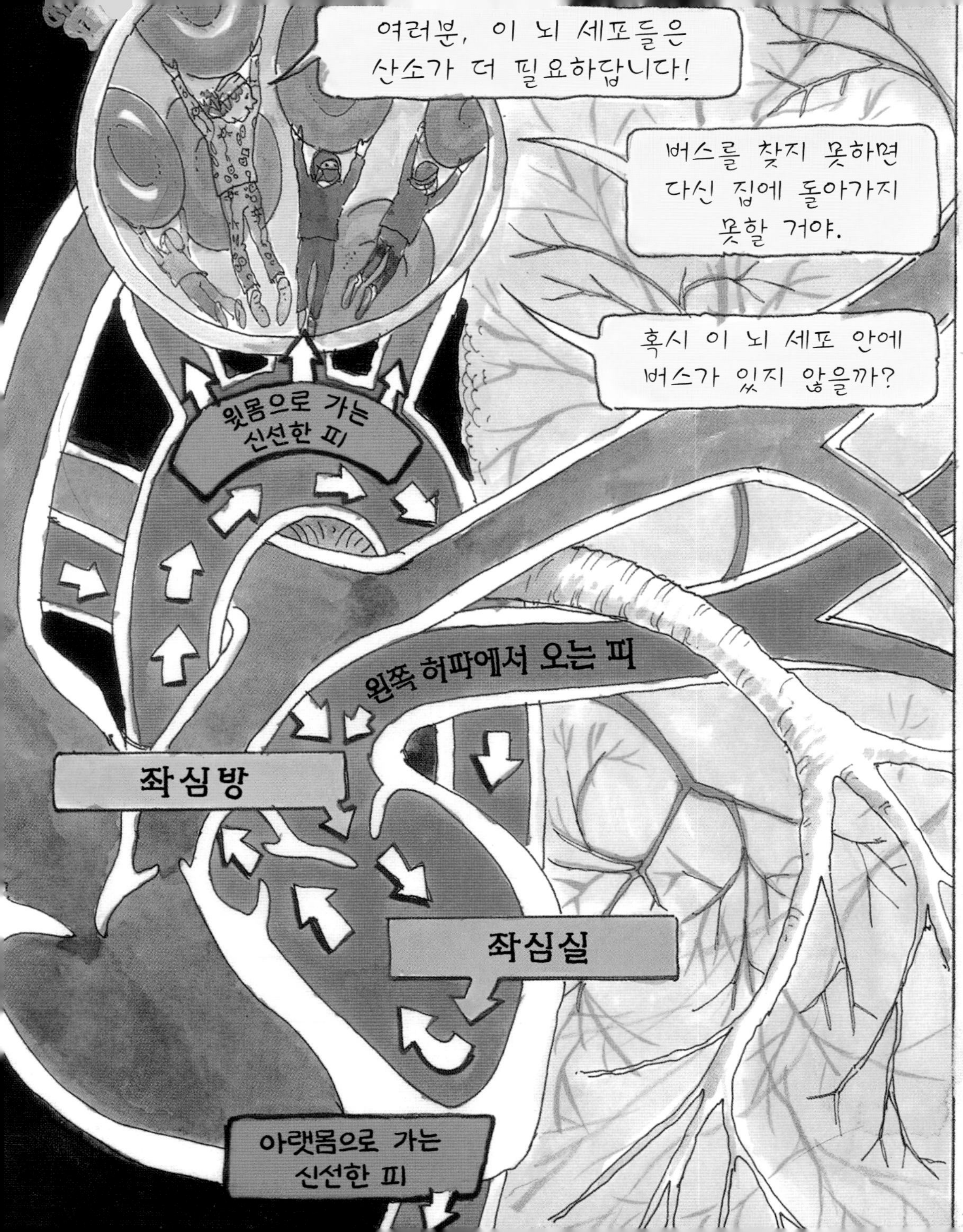
여러분, 이 뇌 세포들은 산소가 더 필요하답니다!
버스를 찾지 못하면 다신 집에 돌아가지 못할 거야.
혹시 이 뇌 세포 안에 버스가 있지 않을까?
윗몸으로 가는 신선한 피
왼쪽 허파에서 오는 피
좌심방
좌심실
아랫몸으로 가는 신선한 피

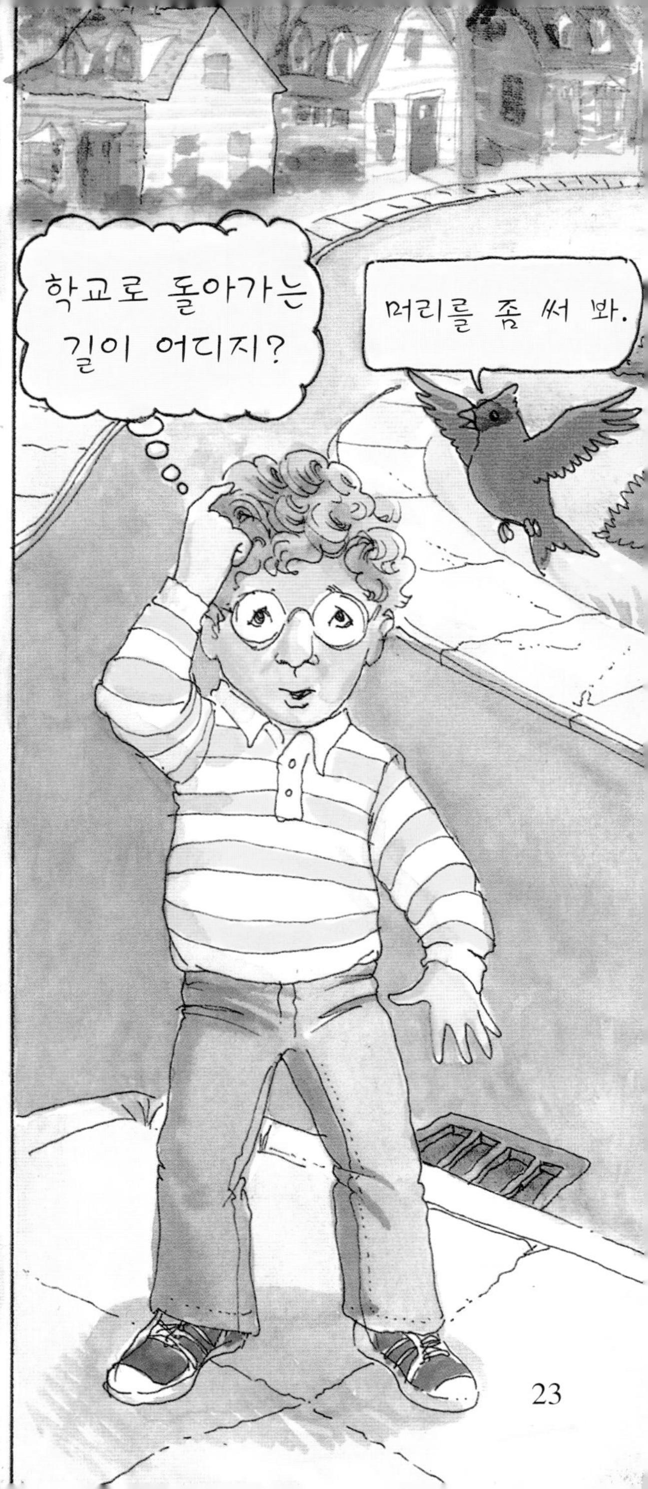
학교로 돌아가는 길이 어디지?
머리를 좀 써 봐.

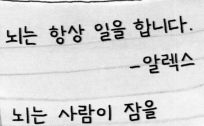

뇌는 항상 일을 합니다.
–알렉스

뇌는 사람이 잠을
자고 있을 때에도
심장을 뛰게 하고,
숨을 쉬게 합니다.
또, 몸에 있는 다른
기관들도 조절합니다.

뇌에 도착하자 우리는 타고 있던 적혈구를
놓아 주고 혈관 밖으로 나갔습니다.
이 주름투성이 회색 덩어리가 우리 몸을 조절하는
중심 기관이라니, 정말 믿기 어려웠죠.

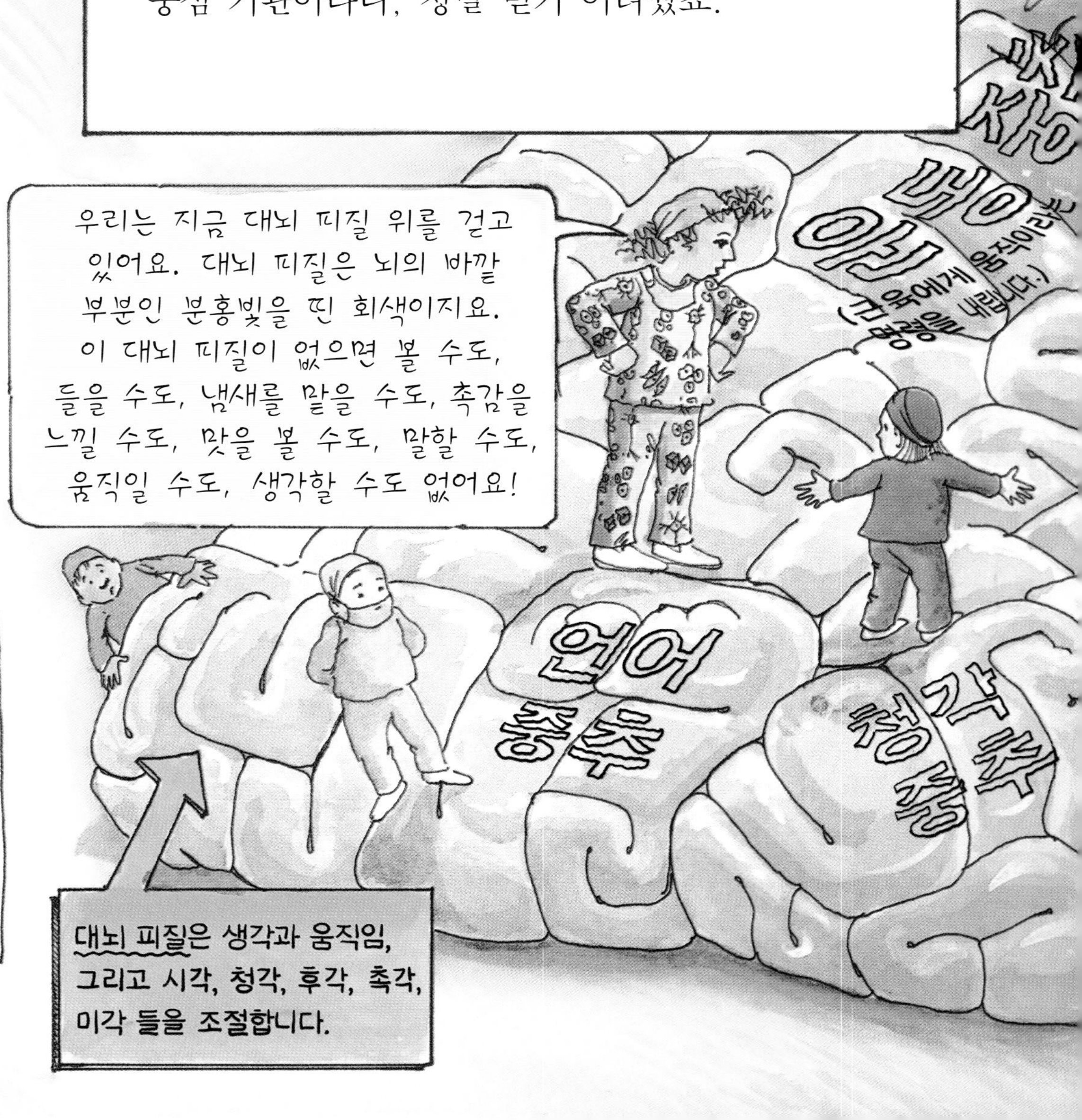
우리는 지금 대뇌 피질 위를 걷고 있어요. 대뇌 피질은 뇌의 바깥 부분인 분홍빛을 띤 회색이지요. 이 대뇌 피질이 없으면 볼 수도, 들을 수도, 냄새를 맡을 수도, 촉감을 느낄 수도, 맛을 볼 수도, 말할 수도, 움직일 수도, 생각할 수도 없어요!
언어 중추
청각 중추

대뇌 피질은 생각과 움직임, 그리고 시각, 청각, 후각, 촉각, 미각 들을 조절합니다.

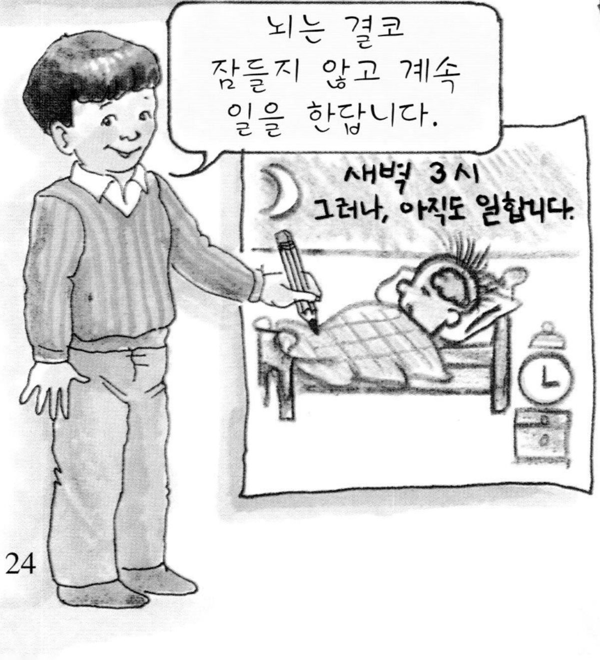
뇌는 결코 잠들지 않고 계속 일을 한답니다.
새벽 3시
그러나, 아직도 일합니다.

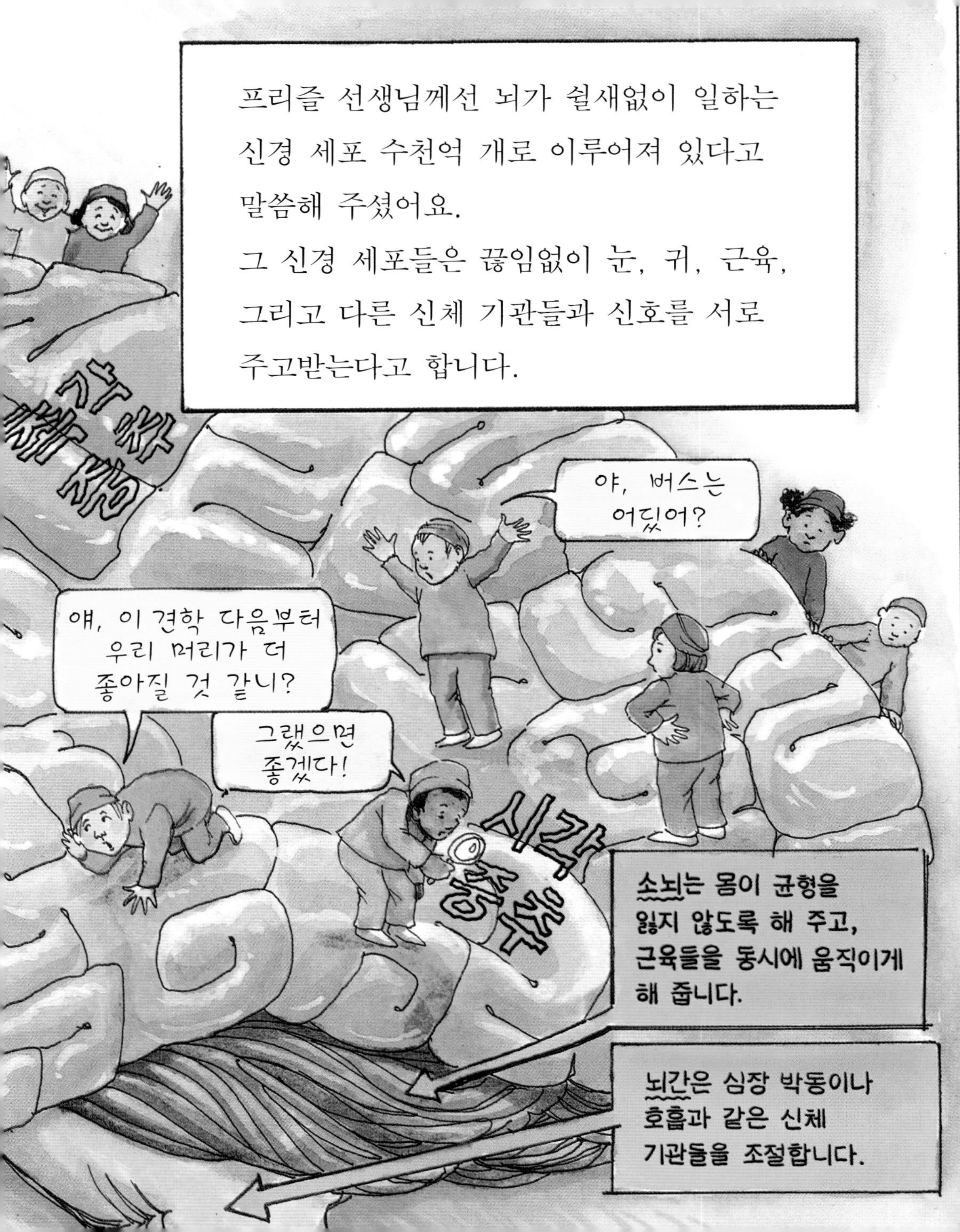

프리즐 선생님께선 뇌가 쉴새없이 일하는 신경 세포 수천억 개로 이루어져 있다고 말씀해 주셨어요.
그 신경 세포들은 끊임없이 눈, 귀, 근육, 그리고 다른 신체 기관들과 신호를 서로 주고받는다고 합니다.
야, 버스는 어딨어?
얘, 이 견학 다음부터 우리 머리가 더 좋아질 것 같니?
그랬으면 좋겠다!
시각 중추
소뇌는 몸이 균형을 잃지 않도록 해 주고, 근육들을 동시에 움직이게 해 줍니다.
뇌간은 심장 박동이나 호흡과 같은 신체 기관들을 조절합니다.

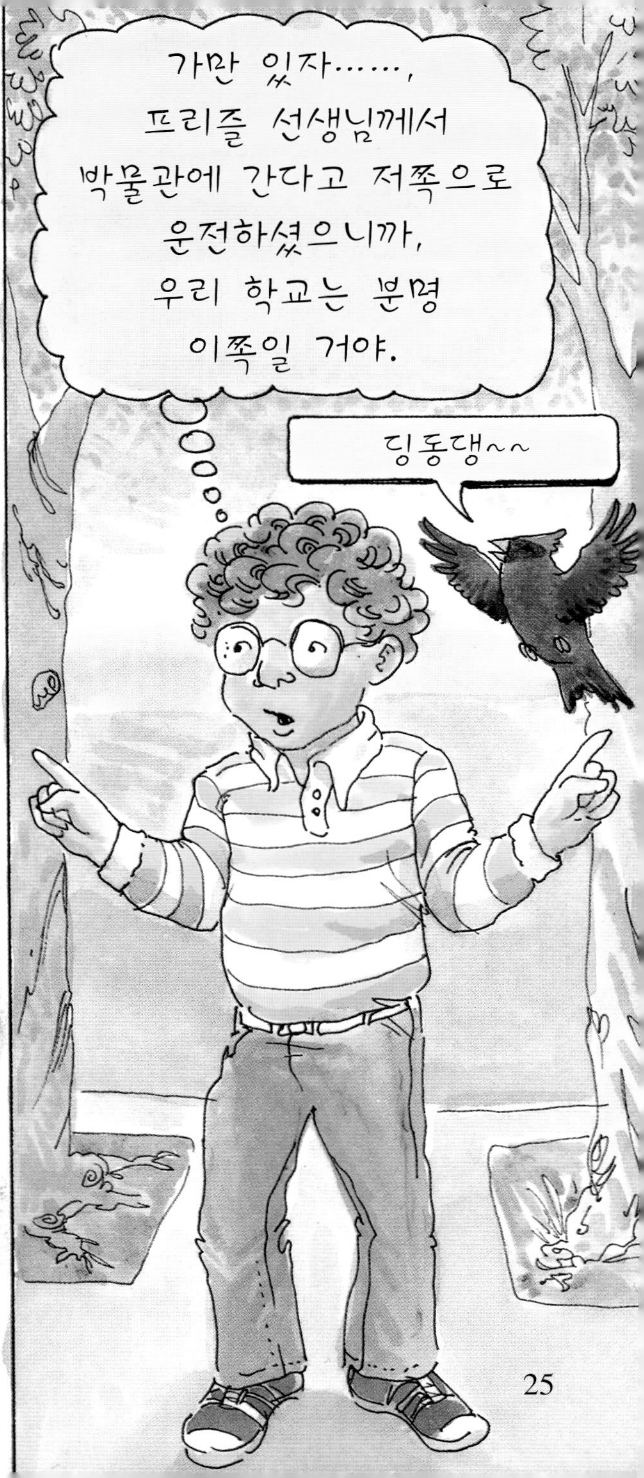

가만 있자……, 프리즐 선생님께서 박물관에 간다고 저쪽으로 운전하셨으니까, 우리 학교는 분명 이쪽일 거야.
딩동댕~~

근육은 이렇게 움직입니다.
-아만다 제인

대뇌 피질에 있는 운동 중추가 움직이라는 신호를 보냅니다.
그 신호는 척수로 내려가고 다시 근육을 조절하는 신경에 다다릅니다.
그러면 근육이 움직입니다.

우리는 머리를 떠나서 등뼈를 타고 내려갔습니다.
그 뼈 안에는 척수가 있었어요.
척수는 뇌에서 뻗어 나온 신경 세포들이 뭉쳐 있는 두꺼운 다발입니다.
이보다 작은 신경 세포 다발들이 척수 양쪽으로 뻗어 나와 있었어요. 이 신경 다발들은 신경 신호를 신체 각 부분에 전달합니다.

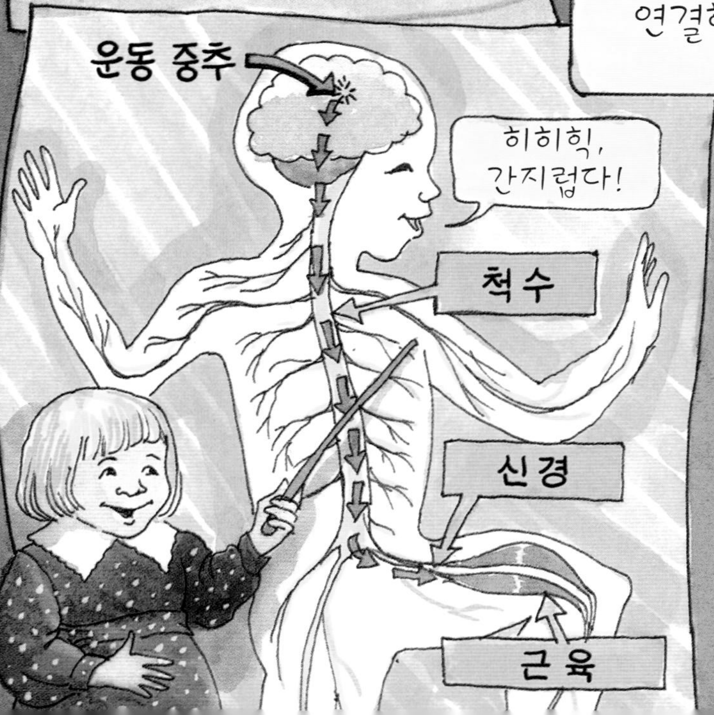

운동 중추
히히힉, 간지럽다!
척수
신경
근육

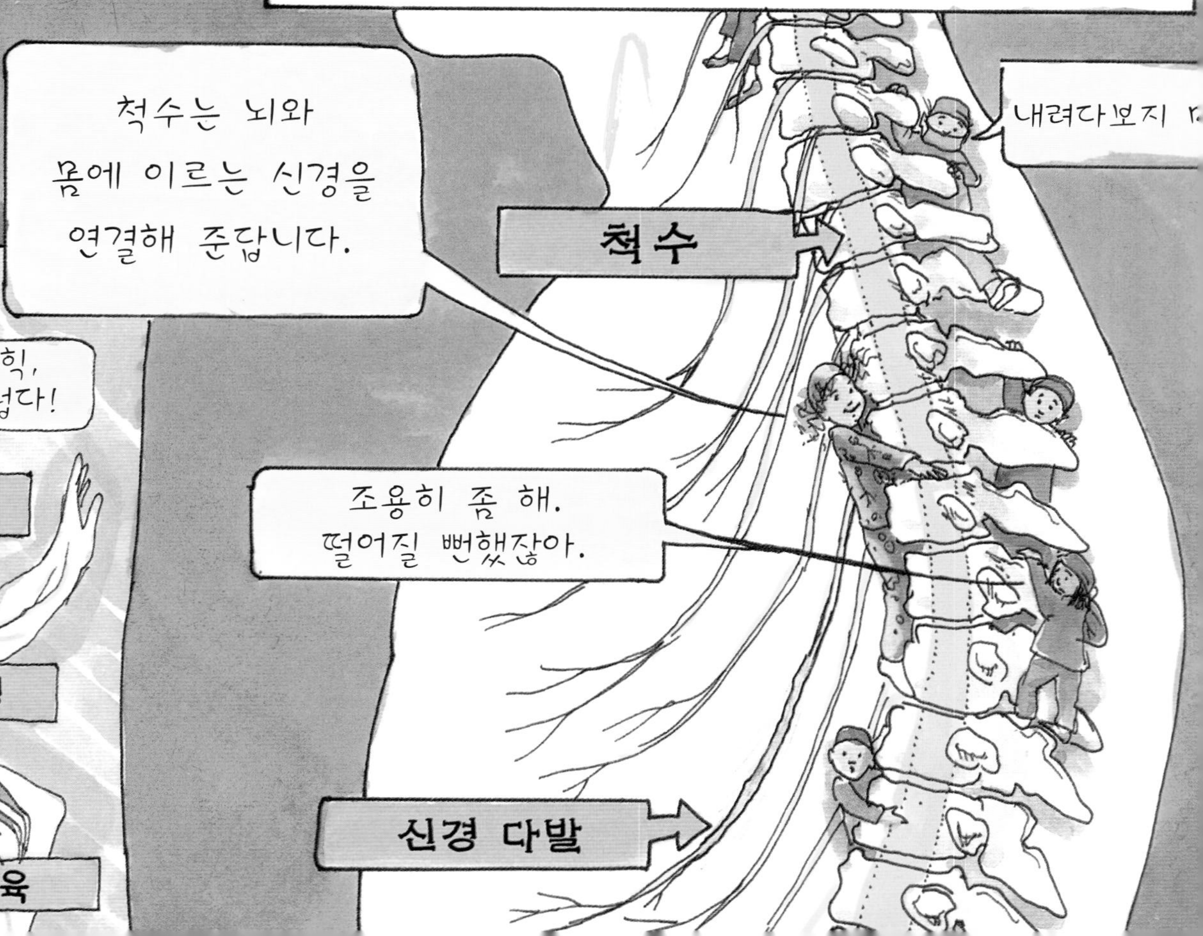

척수는 뇌와 몸에 이르는 신경을 연결해 준답니다.
내려다보지
척수
조용히 좀 해. 떨어질 뻔했잖아.
신경 다발

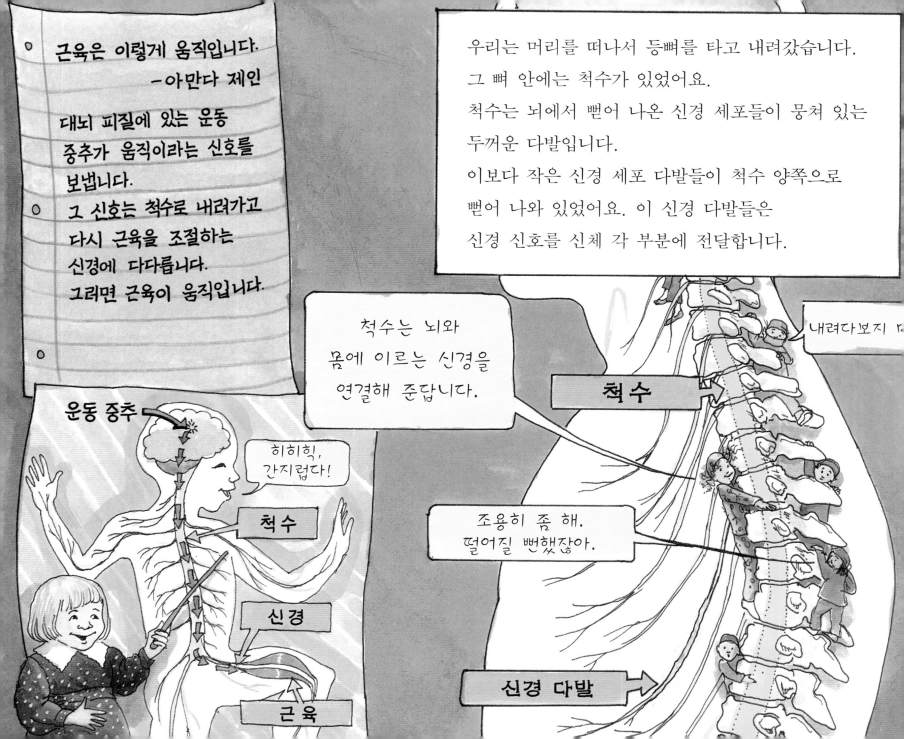

우리는 다리 근육으로 향하는 신경을 따라갔어요.
다리 근육은 열심히 일하고 있어서 많은 에너지가 필요했답니다.
그래서 피가 날라다 주는 음식물과 산소를 많이 썼죠.
심장은 근육 세포에 신선한 피를 많이 날라다 주기 위해서 더 빨리 뛰고 있었습니다.

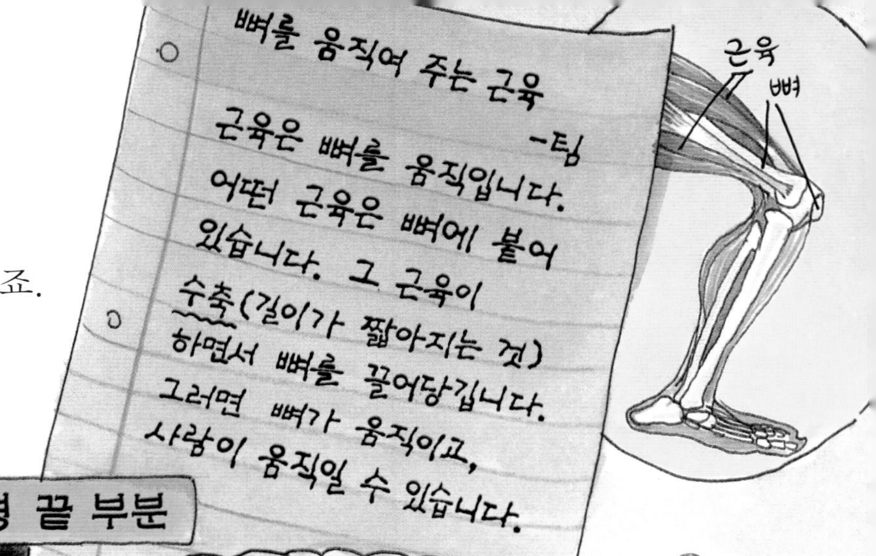
뼈를 움직여 주는 근육
-팀
근육은 뼈를 움직입니다. 어떤 근육은 뼈에 붙어 있습니다. 그 근육이 수축(길이가 짧아지는 것)하면서 뼈를 끌어당깁니다. 그러면 뼈가 움직이고, 사람이 움직일 수 있습니다.
근육
뼈

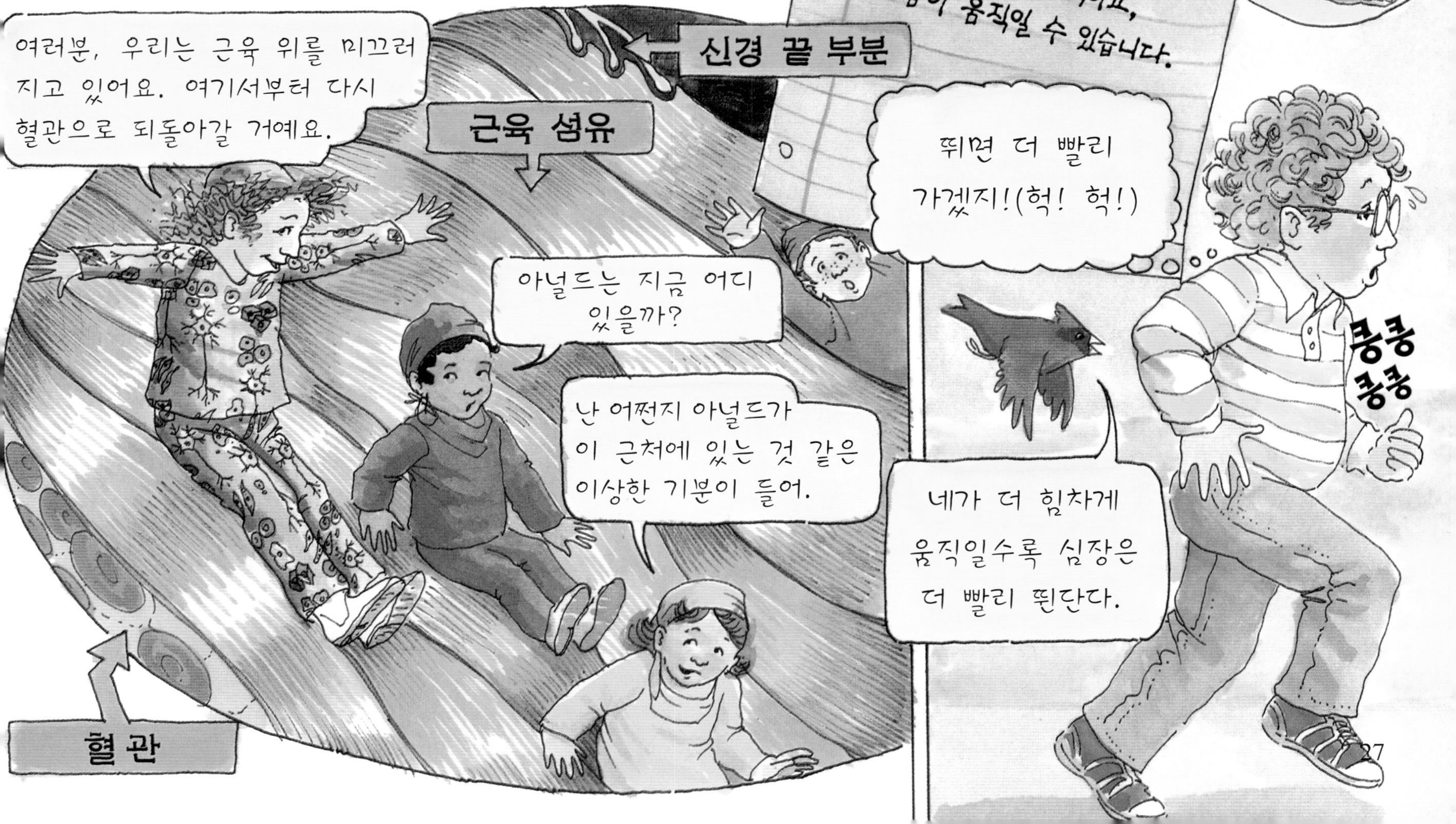
여러분, 우리는 근육 위를 미끄러지고 있어요. 여기서부터 다시 혈관으로 되돌아갈 거예요.
신경 끝 부분
근육 섬유
아널드는 지금 어디 있을까?
난 어쩐지 아널드가 이 근처에 있는 것 같은 이상한 기분이 들어.
혈관
뛰면 더 빨리 가겠지!(헉! 헉!)
네가 더 힘차게 움직일수록 심장은 더 빨리 뛴단다.
쿵쿵
쿵쿵

우리는 가까이 있는 혈관으로 들어갔습니다.
피는 엄청 빠르게 움직이고 있었죠.
우리는 서로 잃어버릴까 봐 겁이 났어요.
하지만 바로 그 순간 버스가 가까이 떠 왔답니다.
얼마나 다행이었는지 몰라요!
우리는 잽싸게 버스에 뛰어올랐습니다.
그러자 버스는 다시 우리가 지나왔던 심장과 허파를
지나 위로 올라갔습니다.

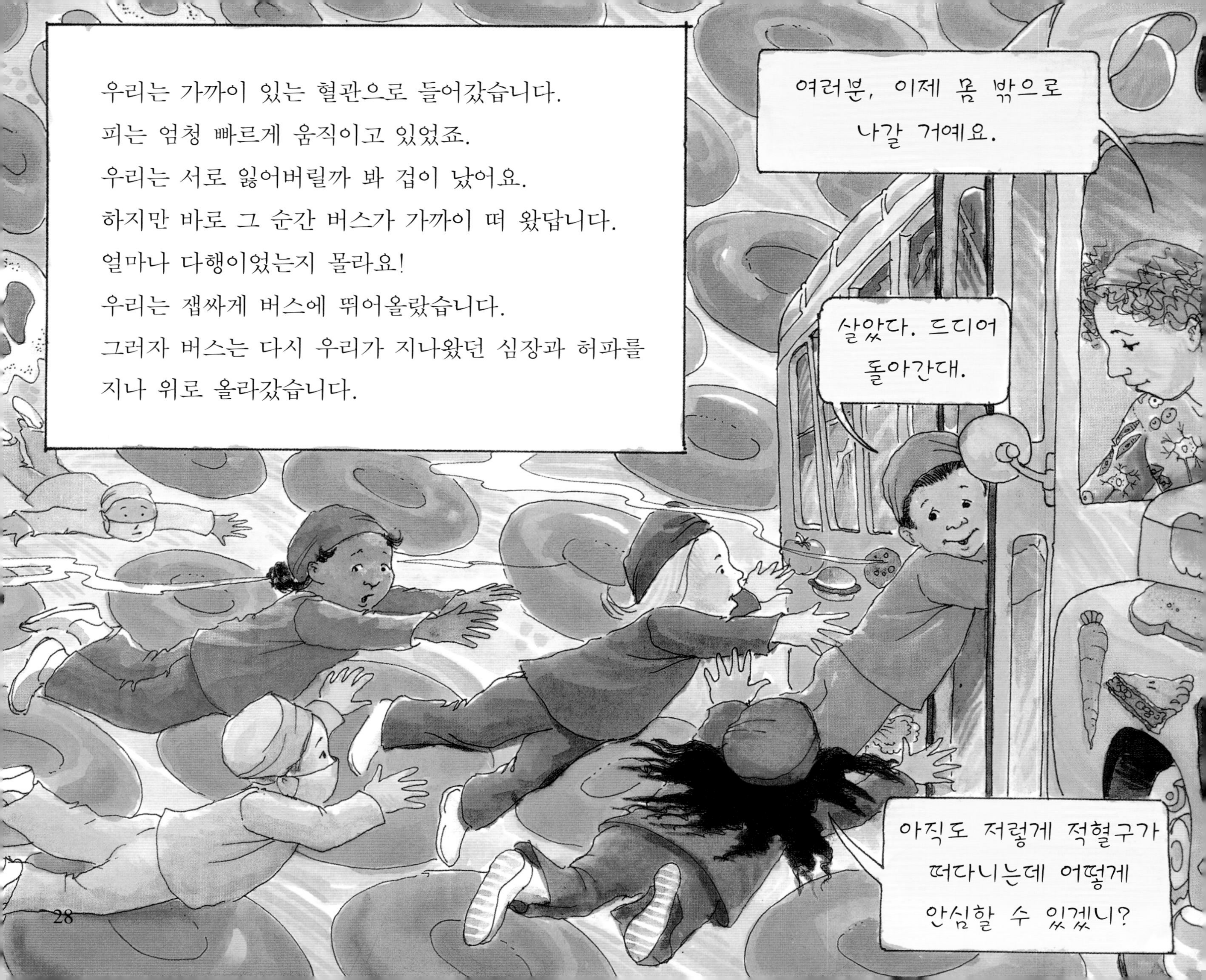
여러분, 이제 몸 밖으로 나갈 거예요.
살았다. 드디어 돌아간대.
아직도 저렇게 적혈구가 떠다니는데 어떻게 안심할 수 있겠니?

혈관에서 나오니까 커다란 빈 공간이 나왔습니다.
한 아이가 물었어요. "여기가 어디죠?"
프리즐 선생님께서 말씀하셨어요. "비강이에요."
우리가 물었습니다. "뭐라고요?"
프리즐 선생님께서 계속 설명하셨죠.
"비강이란 콧속을 말해요."
그 때 갑자기 귀가 먹을 정도로 큰 소리가 들렸습니다.
"에- 에- 에-" 같은 소리였죠.

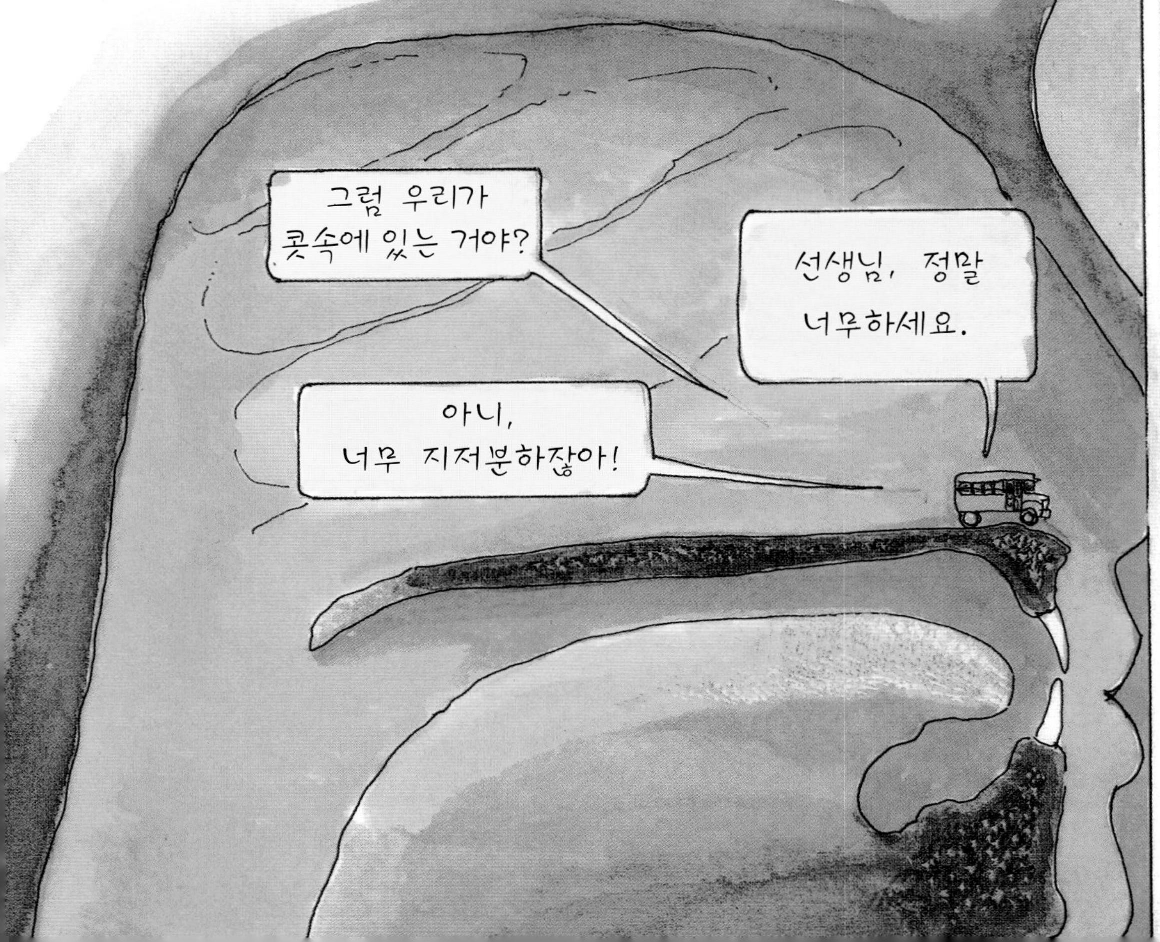
그럼 우리가 콧속에 있는 거야?
선생님, 정말 너무하세요.
아니, 너무 지저분하잖아!

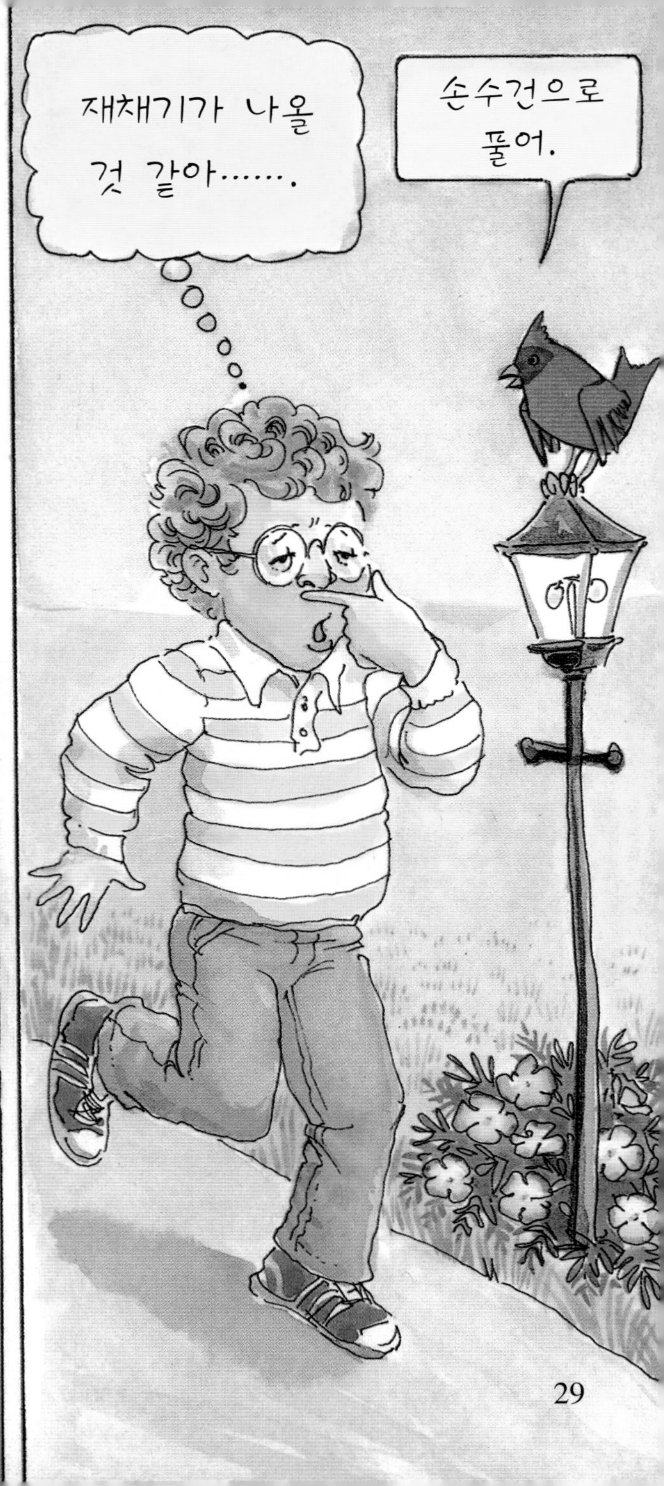
재채기가 나올 것 같아…….
손수건으로 풀어.

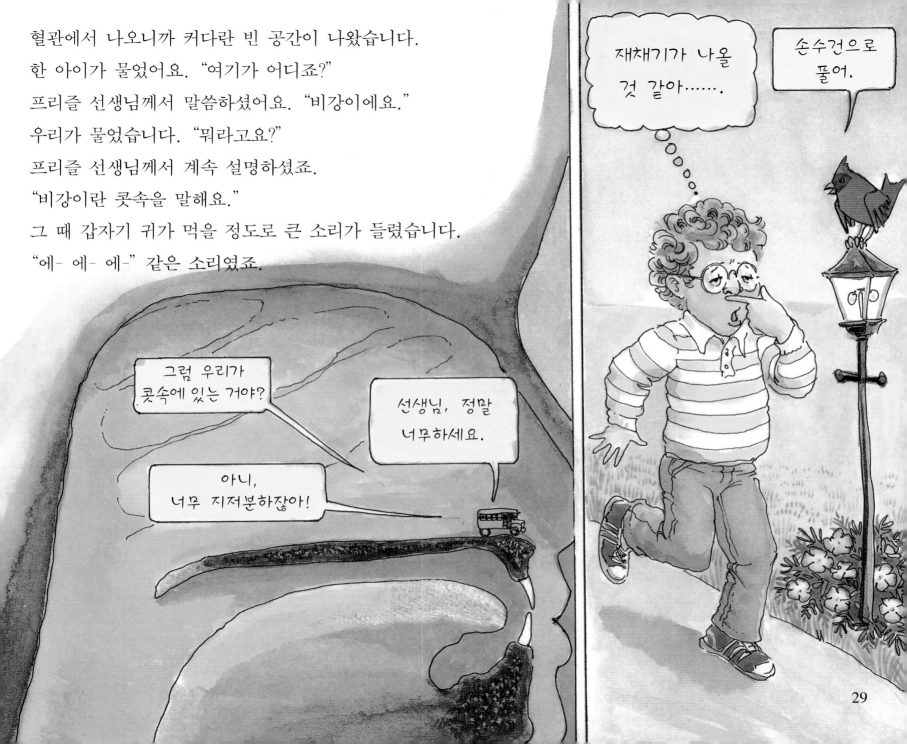

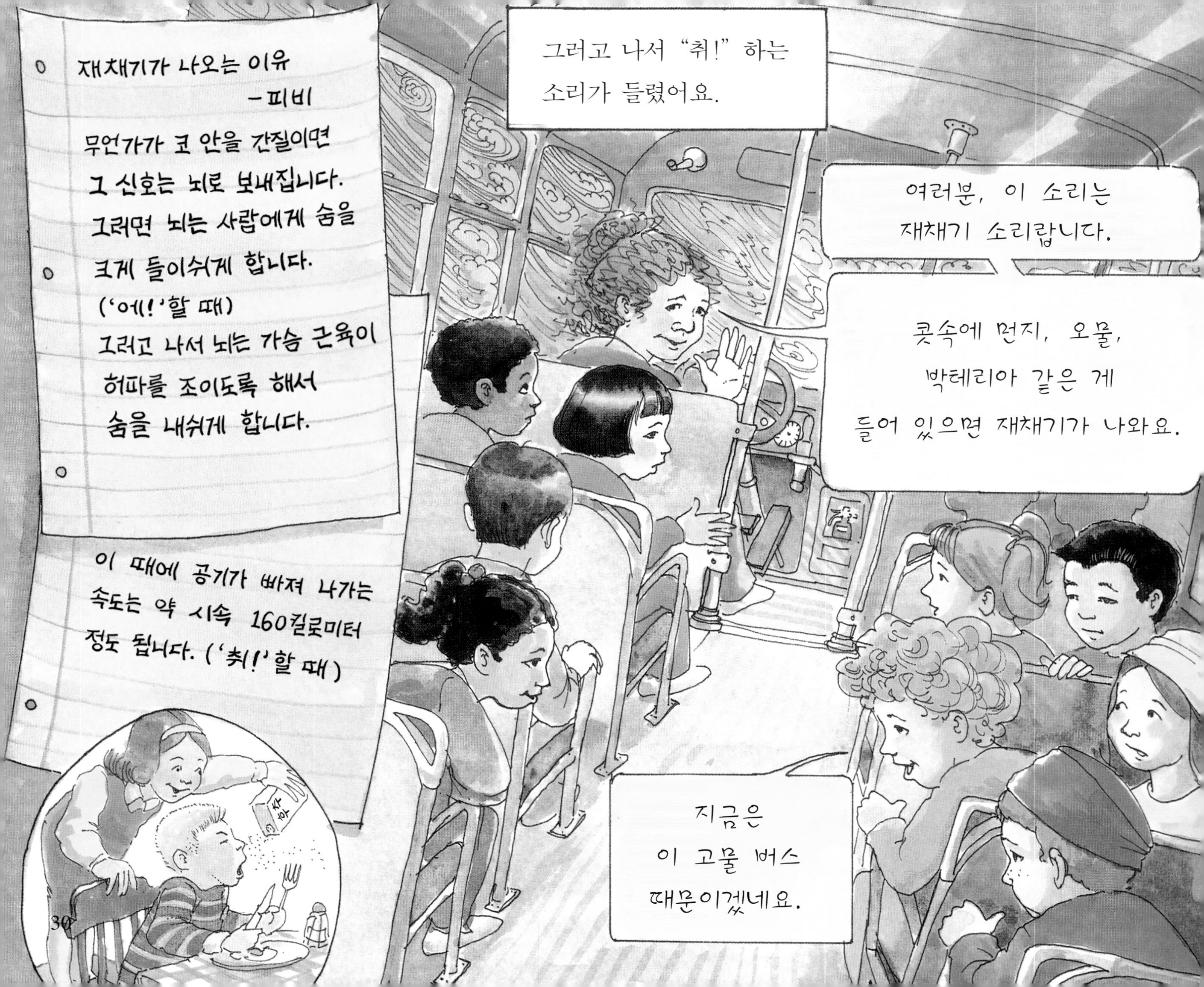
재채기가 나오는 이유
-피비
무언가가 코 안을 간질이면
그 신호는 뇌로 보내집니다.
그러면 뇌는 사람에게 숨을
크게 들이쉬게 합니다.
('에!'할 때)
그러고 나서 뇌는 가슴 근육이
허파를 조이도록 해서
숨을 내쉬게 합니다.
이 때에 공기가 빠져 나가는
속도는 약 시속 160킬로미터
정도 됩니다. ('취!'할 때)
그러고 나서 "취!" 하는
소리가 들렸어요.
여러분, 이 소리는
재채기 소리랍니다.
콧속에 먼지, 오물,
박테리아 같은 게
들어 있으면 재채기가 나와요.
지금은
이 고물 버스
때문이겠네요.

굉장한 바람이 일어나서 고물 버스를
날려 버렸습니다.
버스는 빙글빙글 돌면서 밖으로 튀어 나갔죠.

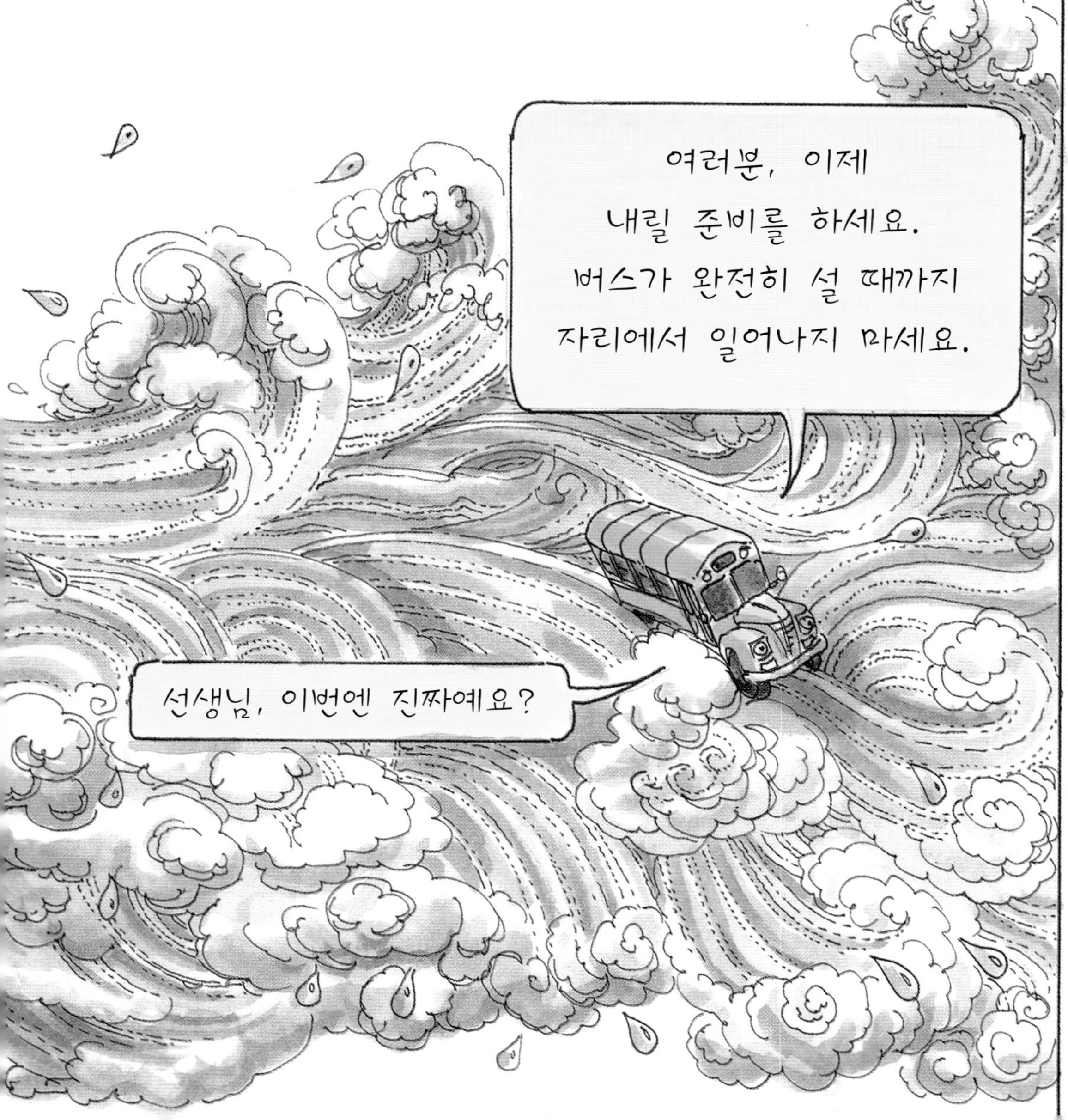
여러분, 이제
내릴 준비를 하세요.
버스가 완전히 설 때까지
자리에서 일어나지 마세요.
선생님, 이번엔 진짜예요?

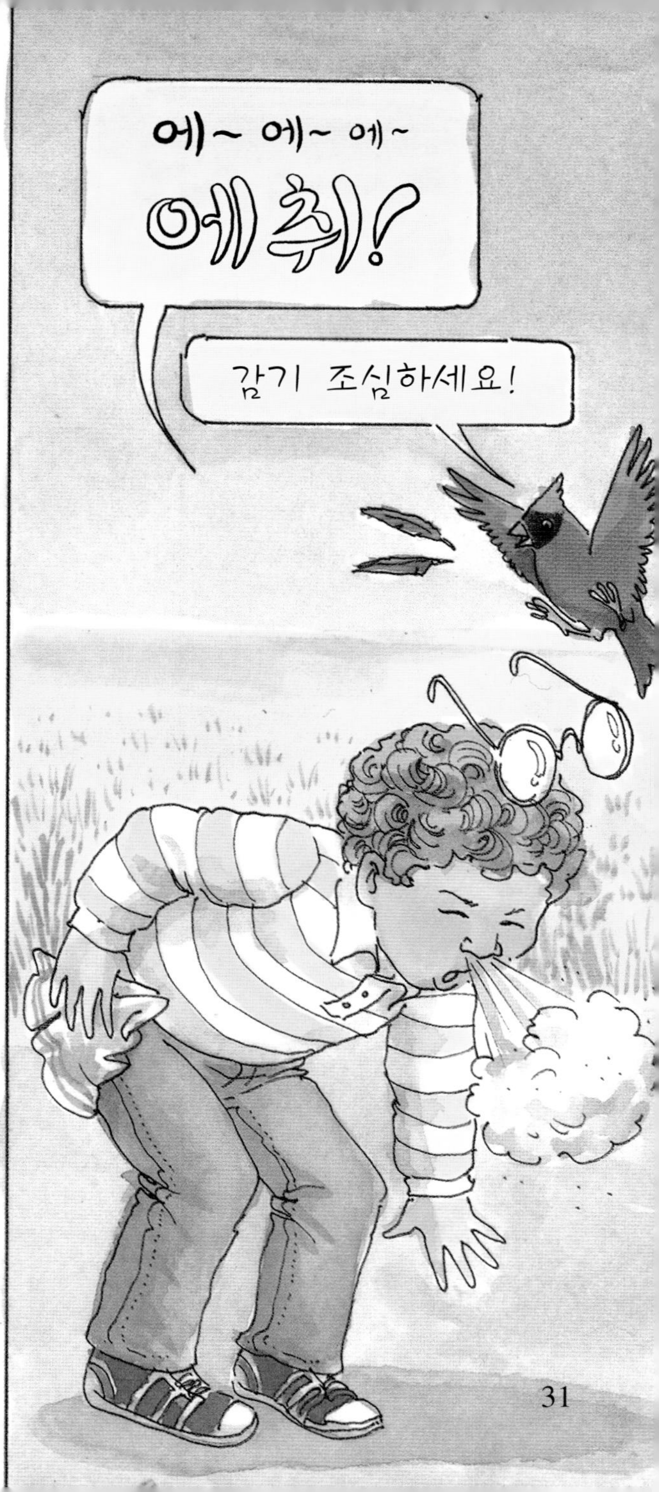
에~ 에~ 에~
에취!
감기 조심하세요!

버스가 너무 빨리 움직이는 바람에,
우리는 아무것도 볼 수 없었어요.
하지만 우리가 점점 커지고 있다는 건 알 수 있었죠.
그리고 쿵! 하고 땅에 닿았습니다.
우리는 드디어 학교로 돌아왔어요. 그 곳에 아널드가 있었죠.
학교 주차장에서 코를 풀고 있는 거예요.

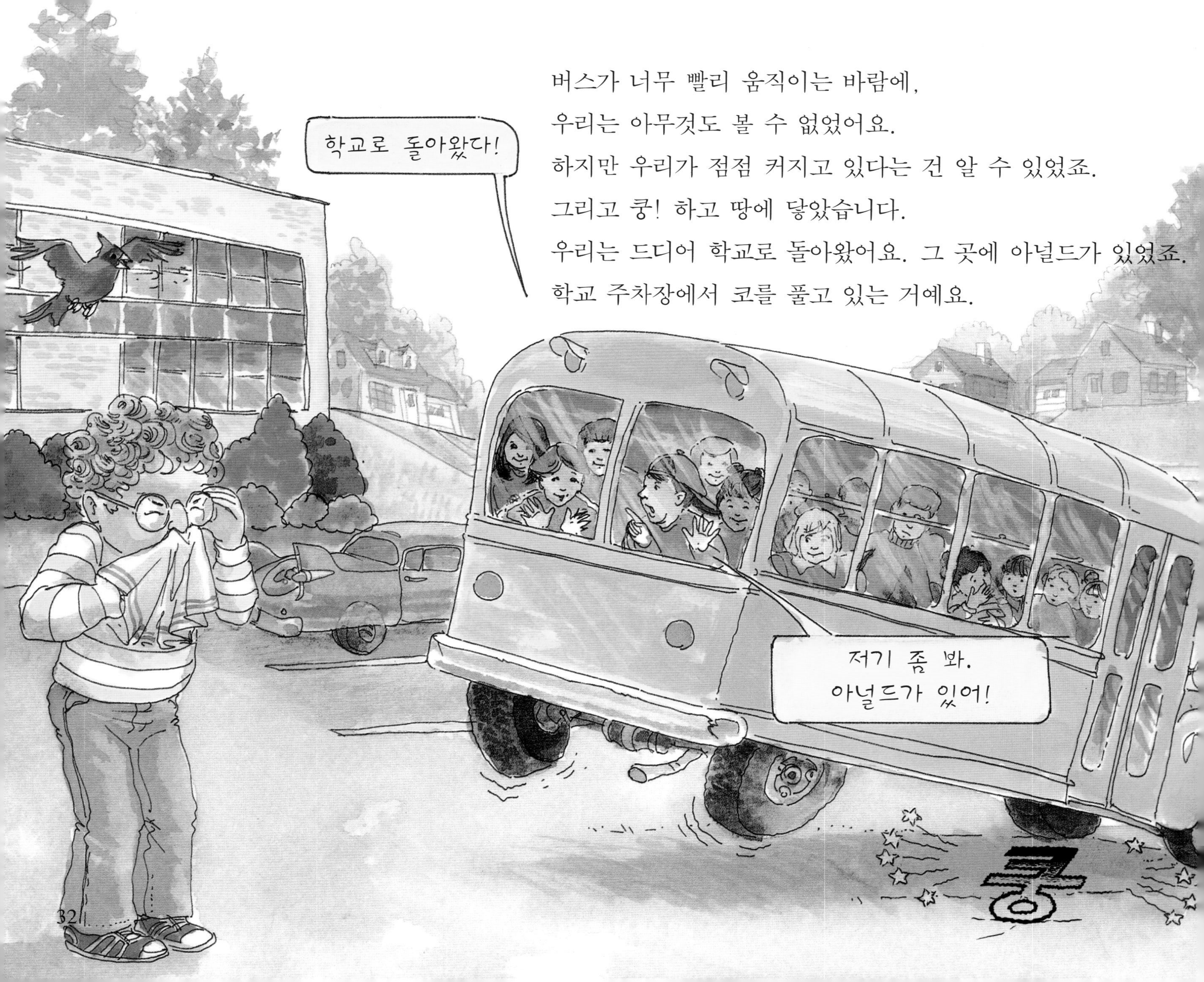

학교로 돌아왔다!
저기 좀 봐.
아널드가 있어!
쿵

우리가 소리쳤습니다.
“아널드, 이번 견학은 굉장했어! 함께 갔으면 좋았을 텐데.”

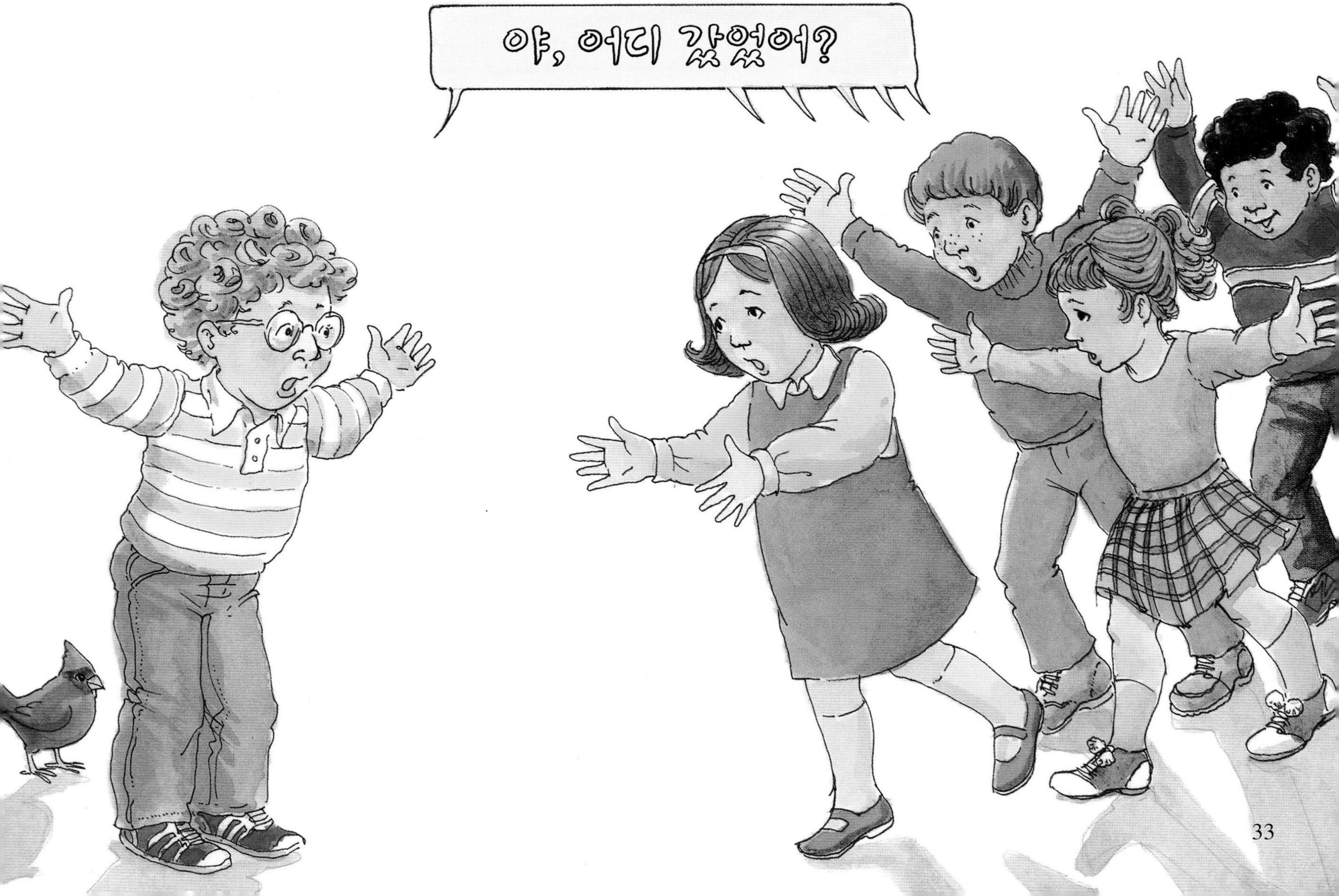
야, 어디 갔었어?

교실로 돌아와서 우리는 다른 때처럼
과제를 했습니다.
프리즐 선생님께선 게시판에 붙일
사람 몸에 대한 그림 표를 그리라셨어요.

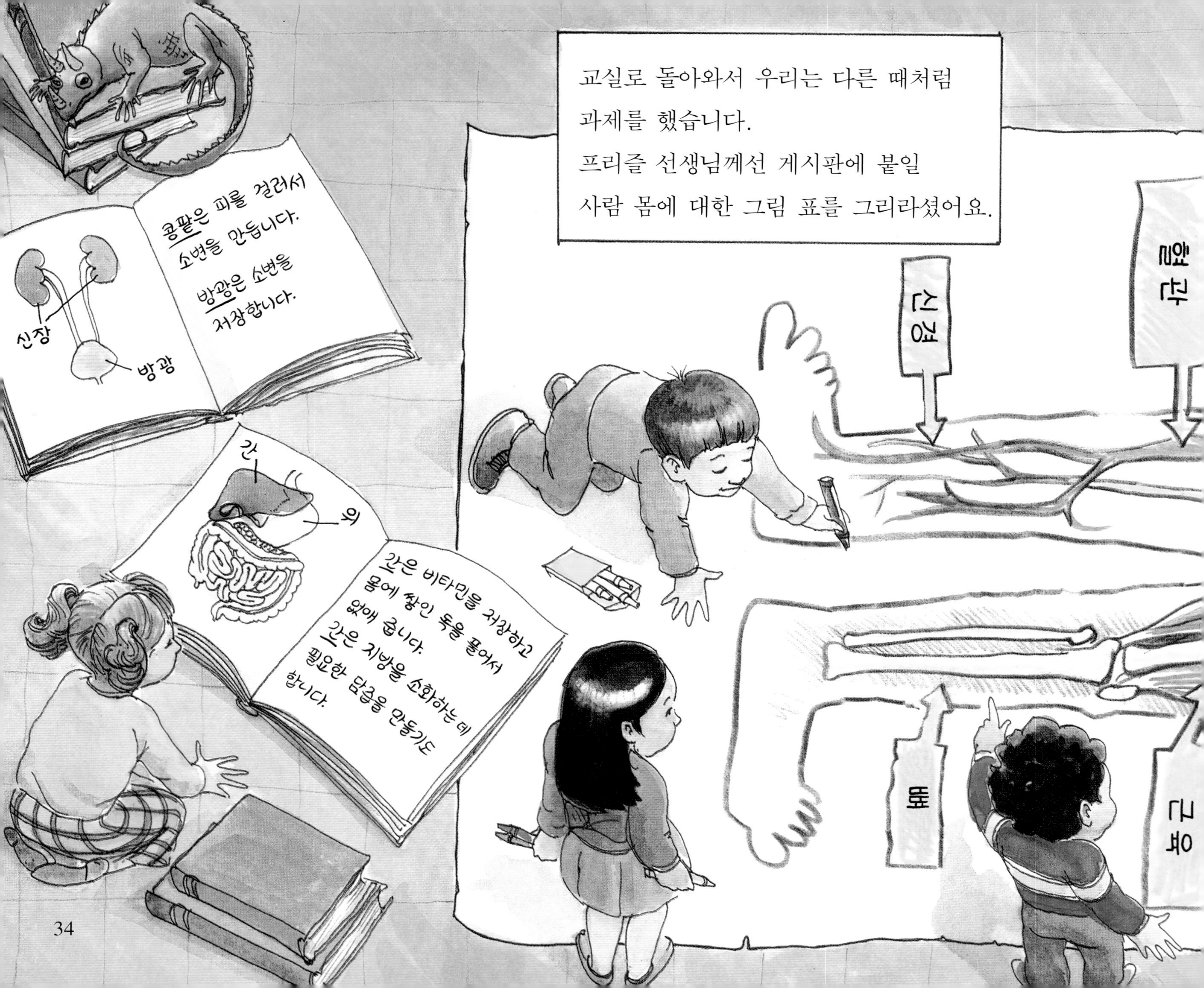

콩팥은 피를 걸러서 소변을 만듭니다.
방광은 소변을 저장합니다.
신장
방광
간
위
간은 비타민을 저장하고 몸에 쌓인 독을 풀어서 없애 줍니다.
간은 지방을 소화하는 데 필요한 담즙을 만들기도 합니다.
신경
혈관
뼈
근육

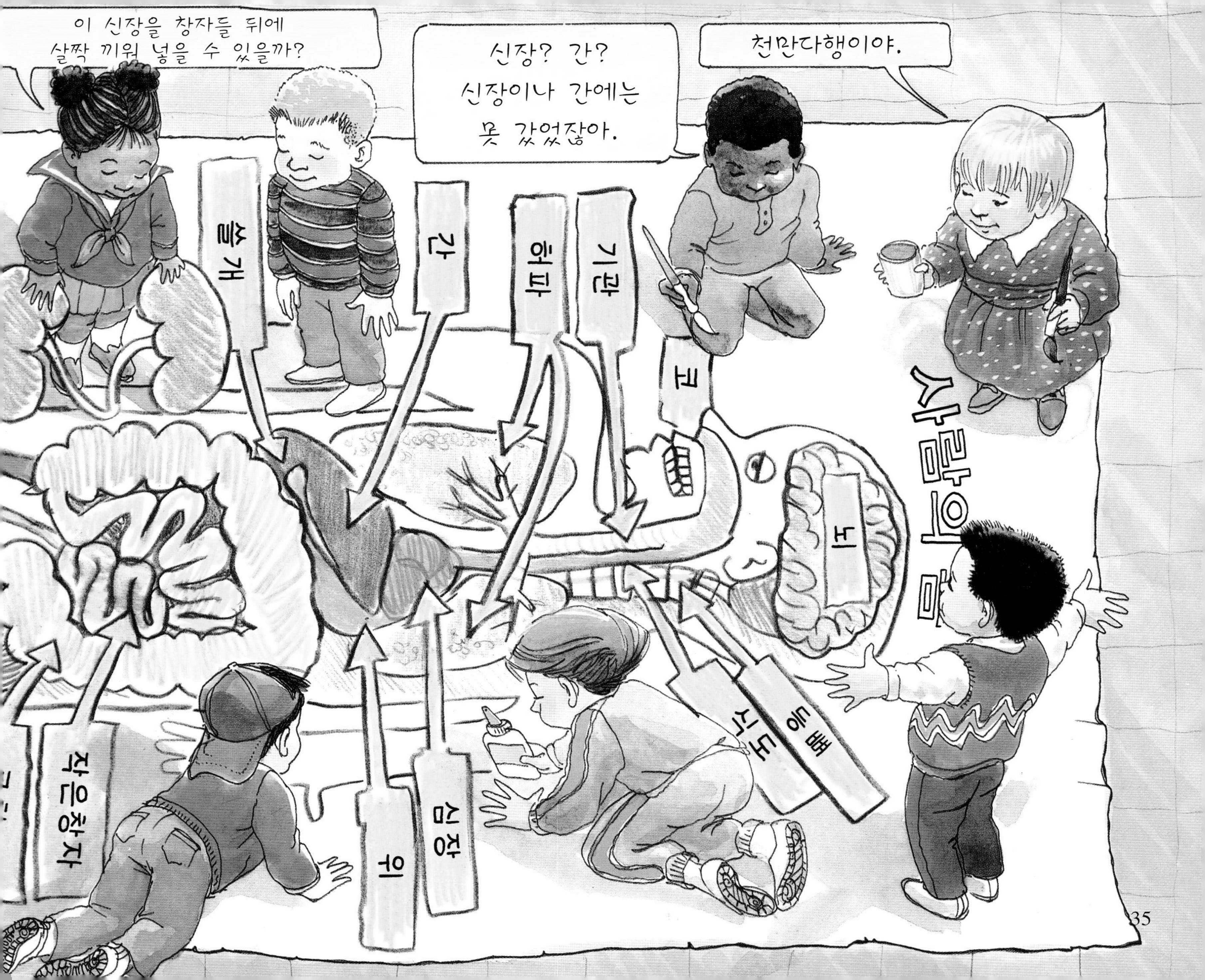

이 신장을 창자들 뒤에
살짝 끼워 넣을 수 있을까?
신장? 간?
신장이나 간에는
못 갔었잖아.
천만다행이야.
쓸개
간
허파
기관
코
사람의 몸
뇌
식도
등뼈
심장
위
작은창자

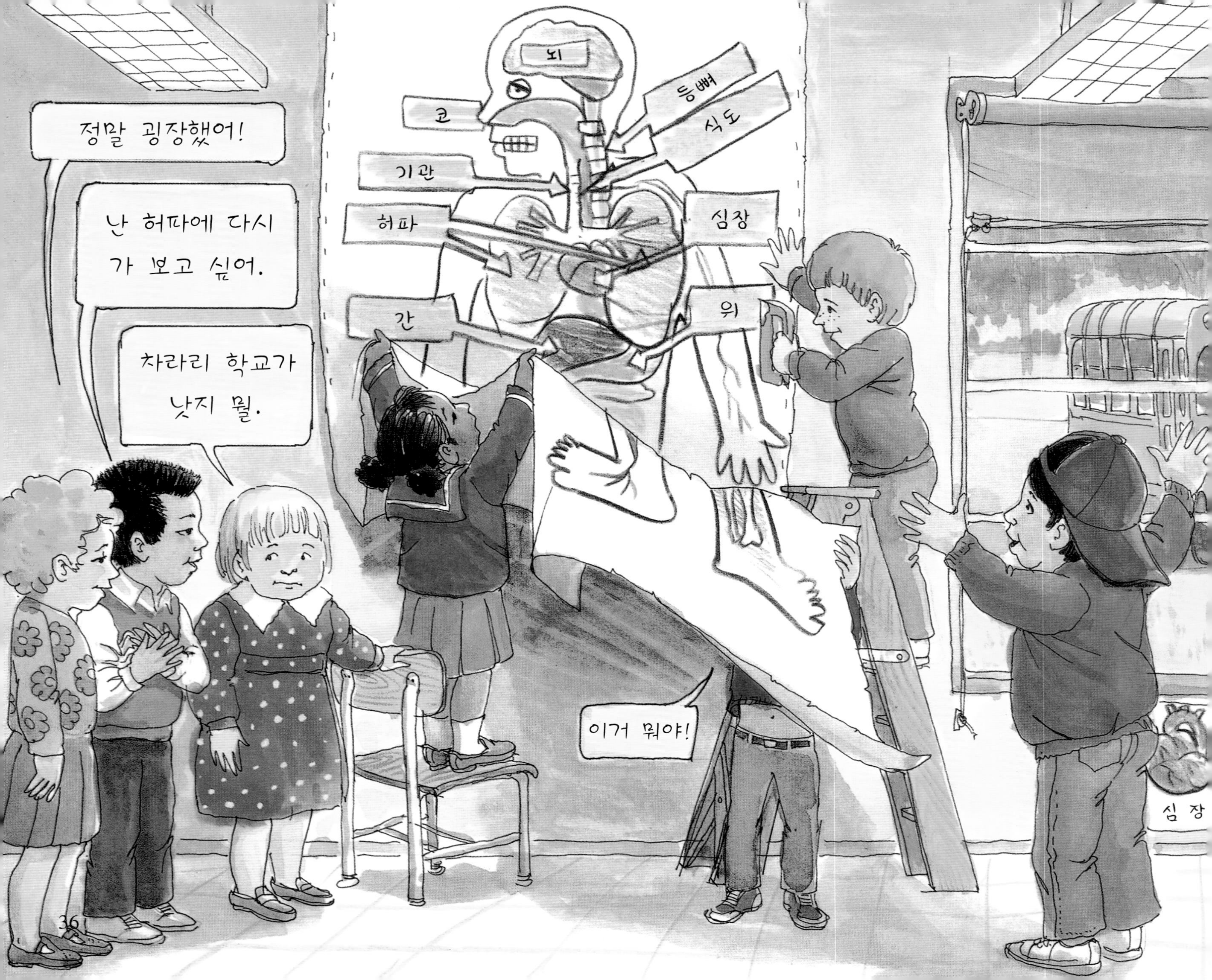

정말 굉장했어!
난 허파에 다시 가 보고 싶어.
차라리 학교가 낫지 뭘.
뇌
코
등뼈
식도
기관
허파
심장
간
위
이거 뭐야!
심장

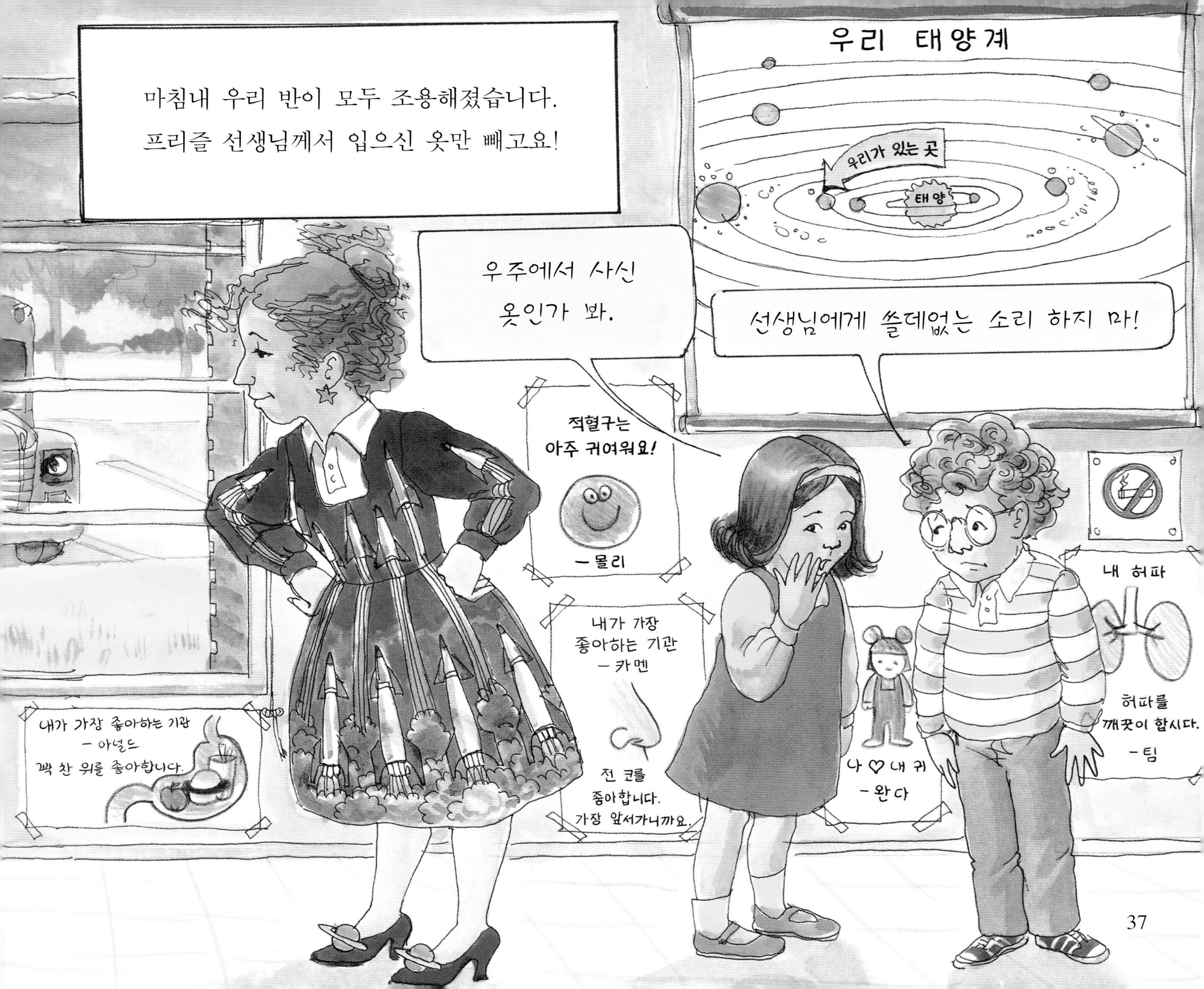
마침내 우리 반이 모두 조용해졌습니다.
프리즐 선생님께서 입으신 옷만 빼고요!
우리 태양계
우리가 있는 곳
태양
우주에서 사신 옷인가 봐.
선생님에게 쓸데없는 소리 하지 마!
적혈구는 아주 귀여워요! —몰리
내가 가장 좋아하는 기관 — 카멘
전 코를 좋아합니다. 가장 앞서가니까요.
내가 가장 좋아하는 기관 — 아널드
꽉 찬 위를 좋아합니다.
나 ♡ 내 귀 —완다
내 허파
허파를 깨끗이 합시다. —팀

맞을까요? 틀릴까요? 알아맞혀 보세요

"잠깐! 이 문제를 꼭 푸세요!
텔레비전을 먼저 보면 안 돼요!
간식도 먹지 마세요!
게임도 물론이고요!
이 문제들부터 풀어 보세요."

문제 푸는 방법:

아래 문제들을 읽어 보세요. 그리고 정답을 맞혀 보세요. 답을 맞혔는지 알아보려면 옆 페이지에 나오는 정답을 보세요.

문제:

1 스쿨 버스가 사람 몸 속에 들어가서 버스에 탄 어린이들이 사람 몸을 탐험할 수 있다. 맞을까요? 틀릴까요?

2 박물관은 지루하다. 맞을까요? 틀릴까요?

3 아널드가 혼자서 학교로 돌아가려고 한 것은 잘못한 일이다. 맞을까요? 틀릴까요?

4 액체 속에서는 어린이들이 숨을 쉬거나 말할 수 없다. 맞을까요? 틀릴까요?

5 어린이들이 정말로 세포만큼 작다면 현미경 없이는 그 어린이들을 볼 수 없다. 맞을까요? 틀릴까요?

6 백혈구는 실제로 병균을 쫓아가 잡는다. 맞을까요? 틀릴까요?

7 프리즐 선생님은 견학하는 동안 아널드가 어디 있었는지 알고 계셨다. 맞을까요? 틀릴까요?

정답:

1 틀립니다. 실제로는 그런 일이 일어날 수 없어요. (아널드한테라도 일어날 수 없답니다.)

하지만 이 이야기에서는 글쓴이가 그런 일이 일어나도록 꾸몄습니다. 안 그랬으면 이 책이 사람 몸 속에 대한 탐험 이야기가 아니라 박물관에 가는 이야기가 될 뻔했으니까요.

2 틀립니다. 박물관은 흥미진진하고 재밌습니다. 하지만 사람 몸 속에 들어가는 것만큼 이상하고 징그럽지는 않겠죠.

3 맞습니다. 실제로 아널드가 길을 잃어버렸을 때에는 경찰관 아저씨를 찾아서 도와 달라고 부탁하는 것이 더 안전했을 겁니다.

4 맞습니다. 어린이들이 정말로 혈관 안에 들어간다면 빠져 죽겠죠. 아이들은 분명히 마법에 걸렸던 거예요.

5 맞습니다. 이 책은 세포들과 어린이들을 아주 크게 그렸습니다.

6 맞습니다. 믿기 어렵겠지만 백혈구는 정말로 이 책에 나온 것처럼 행동한답니다. 백혈구는 심지어 우리 신체 기관이나 조직에 들어온 병균을 잡으려고 혈관 벽 세포 밖으로 빠져 나가기도 합니다.

7 아마 맞을 겁니다. 확실한 것은 아무도 모르지만, 사람들 대부분은 프리즐 선생님이 무엇이든 알고 있다고 생각한답니다.

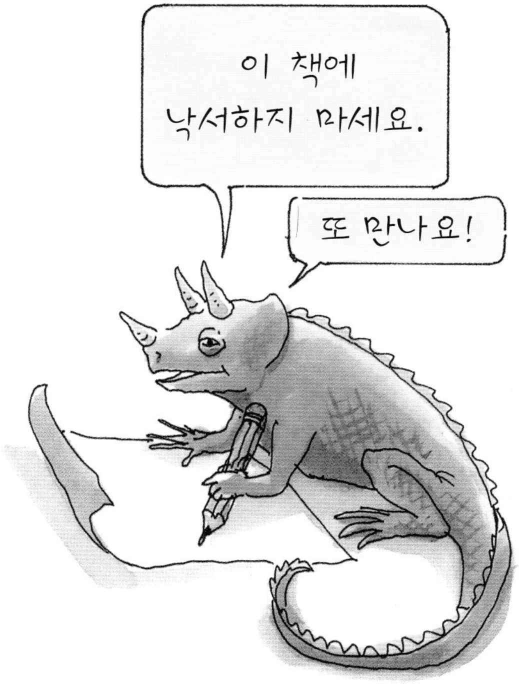
이 책에
낙서하지 마세요.
또 만나요!

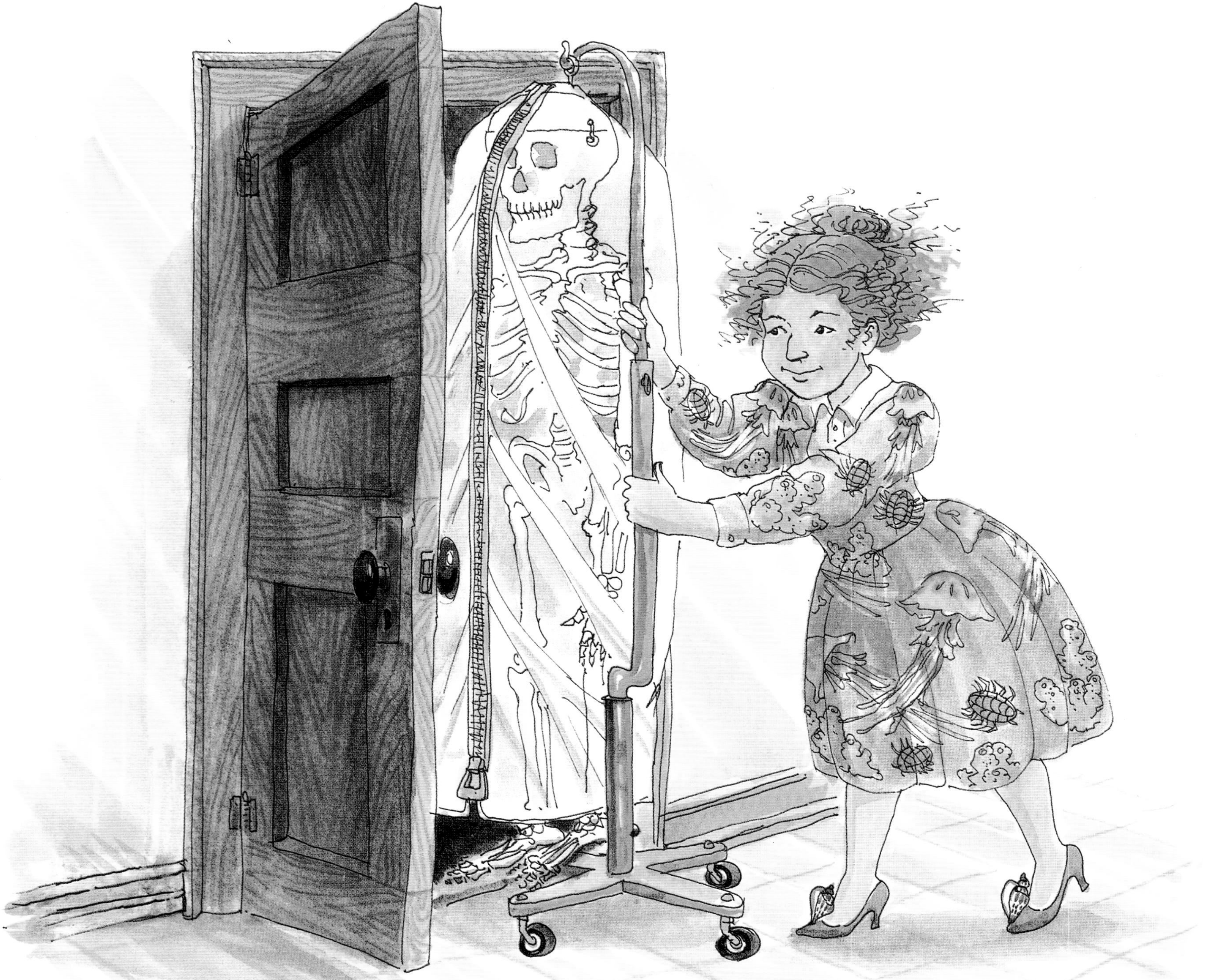

조애너 콜과 브루스 디건은 초등학교 때에 과학 과목을 무척 좋아했다.
이런 두 사람이 과학을 사랑하는 마음과 유머를 담은
〈신기한 스쿨 버스〉 과학 시리즈를 함께 만든 것은 당연한 일일 것이다.
그런데 놀라운 것은 두 사람 모두 스쿨 버스를 타본 적이 없다는 사실이다.
두 사람 모두 학교를 걸어서 다녔는데,
조애너 콜은 뉴저지 주 이스트 오렌지에 있는 컬럼비아 그래머 학교를 다녔고,
브루스 디건은 뉴욕 브루클린에 있는 P.S. 156 학교를 다녔다.
그래서 조애너와 브루스한테는 스쿨 버스가 "마법"처럼 보였을지도 모른다.

옮긴이 이연수는 서울대학교 천문학과를 졸업하고, 지금은 번역 일을 하고 있다

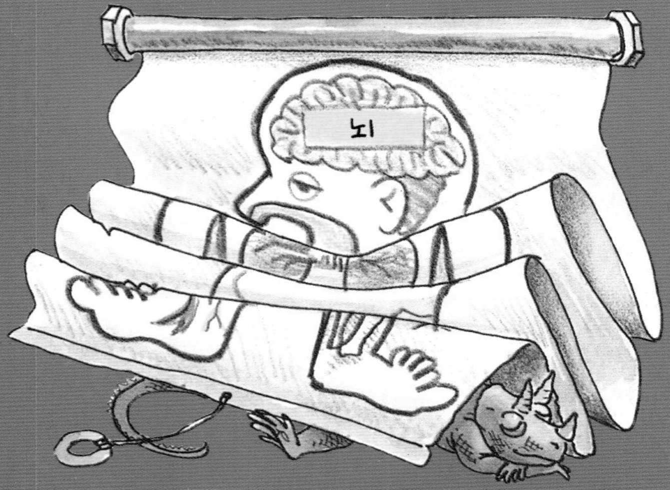
뇌